時刻《とき》の、いのり

今井義行

思潮社

目次

はじめに

この詩集は、インターネット上のサイト「ミクシィ」に連載した或る時期の詩篇を一冊にまとめたものです。
連載していくうちに、詩人の鈴木志郎康さんから「日々、連載されているあなたの詩を読むのが、習慣になっています」というような内容のメッセージが送信されてきました。わたしは、とても、しあわせな気持ちになりました。
なぜなら――
これまで抽象的であった読者という存在が、具体的な個人の欲求として立ち現れてきたからです。わたしは、具体的な個人の読者に向けて詩の発信者となれる機会に恵まれたのです。わたしは何かに憑かれたように日々、詩の連載を続けました。
鈴木志郎康さんは、20年以上前に、詩の講座で、詩でひとの姿の軌跡を描くこと、すなわち詩で魂＝情を抒べることを伝えてくれたひとです。
21世紀に於いてわたしが、在るひとという一点に向けて発信した詩が、多くの一対一の出会いへと繋がっていくことを願ってやみません。

2011年6月20日
今井義行

時刻《とき》の、いのり

明日への抒情

1-2

明日への抒情　1

2010年08月03日
11：22

自分で蒔いた種

看護師に「本当に連絡のつく親族はいないの？」
と　詰問されつづけていたわたし
「両親は他界し、連絡のつく親族もいないです」
そう言い張っていたわたし
幾度もの詰問に　口を割ってしまった
「神奈川県に〈高齢〉の実母がいます……」と
「気持はわかるけど被害を被るのは貴方なのよ」
そうなのだろうか……
３時間掛けて　江東区の病院まで来て
母が保証人として署名し保証金５万円を払うことは
わたしの入院手続きを完了させ
わたしの治療を進めさせはするが
その分　母の寿命を縮めさせることにならないか

身寄りもお金も無いひとは　放置されるのか

自分で蒔いた種を　自分で刈らせてください
かみさま……
自分で蒔いた種を　自分で刈らせてください

夜の窓辺から明治通りを行きかう都営バスの
ライトが　ろうそくのように灯っていた

大部屋に蒔かれた　それぞれの自分自身の種子は
自分を責めるだけでは足りず　看護師達への
罵声などとなって　うねうねと育ったりしていた

隣のベッドに居たひとは　近所の知人へ進み出て
木材を切っていたとき
電動丸ノコギリで　左手の親指の付け根から先を
落としてしまったと言う
やはり看護師に詰問されて
離婚後　交流の無い娘へ連絡をすることとなった
「済みません　お願いいたします」と
携帯で娘へ敬語を使って頼んでいた

「親指が１個無くなっただけですよ」と彼は言い
テレビを観ながら　ヒャッヒャッヒャッと
場違いな　甲高い声で笑うのだった

翌日　病院へやってきた母は「なぜ本当のことを
話さなかったのか」と　わたしに言った
わたしは　喉が詰まり　黙っているしかなかった
担当医が回診のために　病室に入ってくると
部屋の空気が　にわかにさわやかなものになった
北関東訛りの丁寧な声のたたずまいには
〈治してあげたい〉という感触があったのだった

そして日々を過ごしていくうちに　患者には
涼しい空調も　多忙に駆け回る看護師達には
蒸し暑く　汗の玉を肌に浮かべているすがたを
幾度も目にすることとなった

救急患者の受け入れは　24時間体制であり
交代制とはいえ　夏季休業日は無いと言う

コルセットを製作する業者さんと対面した日には
義手や義足なども並べてある部屋のなかで
まだ若い技師の頭に大きな円形脱毛があるのを
見つけることとなった――

自分で蒔いた種を　自分で刈らせてください
かみさま……
自分で蒔いた種を　自分で刈らせてください

自分で蒔いた種を　自分で刈らせてください
かみさま……
自分で蒔いた種を　自分で刈らせてください

明日への抒情　2

2010年08月07日
11：13

紋白蝶よ

真夏の午後の白日
青い空のなか
そこでこそ
飛翔して欲しいのだ

紋白蝶よ

わたしは窓を開けて呟く
〈紋白蝶よ
白いはねをもつすべての仲間へ
伝えて〉

〈真夏の午後の白日
青い空のなか
そこでこそ
飛翔して欲しい〉

なぜなら
あなたがたはうつくしく
それで魅せる
務めを担って
いるから

我がまま？　それは
わたしのお祈りだ

わたしたち

〈紋白蝶よ
白いはねをもつすべての仲間へ
伝えて〉

わたしたちよ

娼婦を蔑むな
娼夫を蔑むな
からだにきちんと値がつく
ひとを蔑むな

しっかり抱く
しっかり愛す

うつくしいからだには
入墨のような
務めの跡があり

それは輝いている

今日の詩篇

1-100

ひとの海へと流れつけば……

2010年04月25日
05：45

もしもわたしに娘が誕生したなら
「るな」となづける
「るな」には母は居ない
「るな」には父は居ない
「るな」は瞬いて「ぱぱ」と言う

純朴に一対一の関わり　それを
親子と呼ぶと　わたしはおもう
「るな」をだきあげて
わたしたちは雲海のなかを漂う

「るな」に髪の毛がはえた日
「るな」に小さな歯とことばが
やってきた日の　うつくしさ
「ぱぱ……いっぱいあるくね」

「るな」は花壇のばらで遊ぶ

太陽はどこへいったのだろうか
天をみあげてごらんと
わたしは人差指を真上へ向ける
おおつぶのみずが落ちてきたよ
あのみずを「あめ」というよ

地球は全くみずびたしになって
「うみ」ができた
「るな」、よるは出発のときだよ
帆をあげて　舟はゆらめき
ひとの海へと流れつけば……
わたしは「るな」を見失っていた

わたしは海へ飛び込み泳ぎ始める
地球というプールは遠大だ
わたしは「るな！」と叫んだ……

精いっぱいに叫んでいました

今日の詩篇　2

2010年04月25日
06：44

遙かなりよき日へ残すべきもの

悪気のないヒトは本当に悪いヒトである
光陰　ナイフの如し

それぞれに住む場所で
天一杯を覆い尽す川沿いの薔薇の花房を
イキテイル目を凝らし
仰ぎながめている
コノ　不可思議さよ

コレハ　ヒトビトの薔薇
光陰　ナイフの如し
ナイフの如し。　刺殺されてもイイノデス
悪意を持っている
ヒトにならば　笑う薔薇――

遙かなりよき日へ残すべきものとはなに
「……………………」

悪気のないヒトは本当に悪いヒトである
わたしは　まさにそれであったと顧みる

わたしはわたしとして悔いはなし
愛して憎んだだけである
憎んで愛しただけである

残すべきものは飛び散った　薔薇　ダ
そのなきがら自然にかえる　薔薇　ダ
もう砂丘になってしまった　薔薇　ダ

今日の詩篇　3

2010年04月25日
08：00

イギリスパンとマーマレード

曇のち雨　曇のち雨　曇のち雨
そうして　今朝は　早くから雨

昨日のこと　焼き立てパン屋で
フランスパンの　陰にかくれて
蹲っているきみをみつけたのだ
山型で　とてもやわらかそうな
主張しない　きみの体質——

雨のしずくが　窓のそとの砂に
吸い込まれていくのを
食卓から　ながめていた

——そうだイギリスパンには
マーマレードを塗る事にしよう
しろいパンの生地に
マーマレードを　塗っていくと
マーマレードは　パンの生地に
すこしずつ湿り気を与えていく

そうして　わたしはそのような
パンを食べたのです
きょうは　一日中雨のようです
翳ります　ほのあまくほろ苦く
そんな今朝をむかえている者が
此処に居る　という事の不思議

染み込みきらなかった
マーマレードが　オレンジ色の
水たまりとなる——

『額縁のなかの太平洋』

今日の詩篇　4

2010年04月25日
08：03

そうして　また　朝はやってきた
そうして　また　食事の支度です

パンをトースターで焼きました
椅子から頂き物の絵が見えます

壁に掛けられた額縁は右に傾いていました
そのなかの太平洋が
珈琲を飲む
わたしになだれこんでくるような気がして
わたしになだれこんでくるような気がして

こわかった

トーストに塗ったばらのジャムが
トーストの淵から
はみ出して人差し指が濡れるのも

こわかった

油絵の具の太平洋なので
わたしは　粘り気のある太平洋のしぶきに
まみれました

太平洋の粒子は
太陽に　照らされて　青、赤、黄、

美しすぎて
体の奥まで少しずつ浸透していくことも

こわかった

今日の詩篇　5

2010年04月25日
08：05

記憶のライブラリィ

わたしは　その日　どのような個人だったか
どのようなものを見たか
どのように感じていたか
頭蓋の奥に刻み込もうとするのだが
すり抜けていってしまう
風景や感慨が　あるのだった

それでわたしは　日録に詩を刻むことにした
詩は　日常語の　奥の階層に
しまわれている　言葉だから

だから　わたしは或るシステムを選んだ

すり抜けていってしまう何かを
詩としてハードディスクで受け止めるという
システム　破損することもあるが
それは個人記録の　ライブラリィ

目の前に
何かがあって
わたしが
それらと　接点を持ったがゆえに
――何かを残しておきたい　と願う
わたしという　存在が　現れて
頭蓋の外にはハードディスクが在って
両方をあわせて
かろうじて　わたし　という全体に近づく

今日の詩篇　6

2010年04月25日
10：11

真冬の窓とかきごおり

左の手の人差し指を火傷してみずぶくれは破れ
病院で　外科用の刃の極小のハサミで
死んだ皮膚を切り取ったら
第二関節に周りの皮膚よりもサーモンピンクの
四角い窓が開いた

四角い窓をおもう――　或る休日の
或る保養の施設で　天然温泉では
ないが　ヒノキ風呂でヒノキの香りを楽しんだ
そうして火照るからだを休憩所へ移した
喉が渇きメロン味のかきごおりを頼んだ

紙のカップに盛られた極小こおり粒

それを持って窓際のカウンターに座った
かきごおりの冷たさと甘さはいい
真冬の窓の外は道なりにどこまでも枯木が並び
自動車が焦って走っているように
見えるのは　わたしの空想だろう

かきごおりに注がれた　今ここにある
メロンシロップのはっきりとした緑は
ほんとうに　はっきりとしていていい
この保養所の蒸し暑い休憩所の窓際のカウンター
では　手のひらを開くような緑のいろだ

今日の詩篇　7

2010年04月25日
15：49

NERVOUS VOMITING（神経性嘔吐）

──いま　だれもいない……

わたしが毎朝　嘔吐するものは
眠っている間に
消化器系の内臓にたまる銀の塊
──もう　だれもいない……
内視鏡で診ても壁に異状はなく
帰省した七日間は　神聖だった

物質化した孤独は外へ出たがり
銀の塊の実体は
神経がながすなみだなのだろう

神経がながすなみだ　だなんて
まるで詩で　滑稽、でしょうか

息子にアウギュストという名を
与えた　明治時代の歌人は
ロダンを慕っていたのだと言う
そういう営みもよい　また
滅びない品として米等のお菓子
もあげられる　バター醤油の味

嘘も方便……　そんなことでも
いいでしょうか　大切な人達が
笑ってすませて生きられるなら
嘘も方便……　わたしは元気だ
それでいいでしょうか　神さま

DOOR TO DOOR

2010年04月25日
15：52

ドアからドアまでの時間は
伸びたり縮んだりしている

縮みきった瞬間をえらんで
わたしは　短い歩行をする

プラットホームには誰の姿
も居ない

伸びたり縮んだりしている
電車の　縮みきった車両の

誰も居ないシートに座って
まるい光景をじっと眺める

からだがふわふわになって
自分が自分でない気がする

立ち眩みのする或る自分が
ふわふわになっている自分
のゆくえに

寄り添って一つに成ろうと
している　それが命への道

辿り着いた空間には色々な
ひとたちがいる

○△□　色々なひとたちの
姿は基本図形で成っており
おはようございますと言う

今日の詩篇　9

2010年04月25日
15：55

UNDER CONSTRUCTION

どんなに空が晴れわたっていても
わたしの一瞬一瞬は工事中だった
ときどき河川が　氾濫するために
わたしが見ている　黄色い看板は
剥がされることは　無いのだった

UNDER CONSTRUCTION

工事中　は　いつまでも終了する
ことはないのだった
混沌とした河川の底を掘りさげて
水底へゆっくり進んでいくことは
詩を書こうとして　こころの底を
掘りさげていくことに　似ている

わたしが渡る　その河川の橋の下
には　ぱくぱくと口をあけながら
エサを求める　鯉が集まっていた
——養分が撒かれる場所を
　　おそらく探しているのだろう
いったい何に飢えているのだろう

わたしという者は　水の上と下の
どちらの側にも　居て
いまのわたしのたび重なる瞬間は
深呼吸をして養分を取り込み
尾びれを打ちつけながら　水中を
逡巡している者だった

すべての鯉人は　泥中で尾びれを
狂ったように打ちつけているのだ

PD（パニック障害）の階段

今日の詩篇　10

2010年04月25日
15：59

こんなふうになるのです

1. 動悸、心悸亢進、または心拍数の増加
2. 発汗
3. 身震い、またはふるえ
4. 息切れ感、または息苦しさ
5. 窒息感
6. 胸痛、または胸部不快感

　　はあはあ　はあ　あはは
　　はあはあ　はあ　あああ

7. 嘔気、または腹部の不快感
8. めまい感、ふらつく感じ、頭が軽くなる感じ、
9. または気が遠くなる感じ
10. 現実感消失（現実でない感じ）、
11. または離人症状（自分自身から離れている）
12. コントロールを失うことに対する、
　　(13) または気が狂うことに対する恐怖

そんなことはないと思い、

　　(14) 死ぬことに対する恐怖異常感覚
　15.（感覚麻痺またはうずき感）
16. 冷感または熱感

オランダのエッシャーの描いた
永久に昇り続けていくだけの階段って
あるよね
昇りながら　徹底的に下降する

ああああ　そう　あれさ……
いま　生きていることの神秘さよ

（症状項目についてはネットより引用した）

今日の詩篇　11

2010年04月26日
00：33

ロッキングチェア

わたしがよく座っている
ロッキングチェア
背もたれに　体をゆだね
ひじかけに　腕をゆだね

前後に揺れる　揺りいす
揺りいす
リス

樹々を駆け巡る夢をみた
目覚めたら文庫本を床に
落としていた

前のページが折れていた
森林浴をしているように
折れたページを栞として
わたしは
揺れる
リス
リ
リ
リス
揺れる
わたしは
背もたれに　体をゆだね
ひじかけに　腕をゆだね
前後に揺れる　揺りいす

ロッキングチェアそれは
わたしの愛する安楽椅子

今日の詩篇　12

2010年04月26日
00：41

これからの五年間

あと五年でいいな……と
あなたは言った
どうしてって
わたしは聞いた
満足をしたからです

それならいいね
あと五年を良くね……と
わたしは言った
哀しみません
祝福を　するよ

母はわたしに言った
死後献体してね
たとえば彼女の網膜が
切って取られても
わたしは凝視する

彼女の視界は誰かに渡る

人は
そこで生まれ変わる

誰かが出会う
霞みもしない世界

わたしも甥っ子も
かならず解けていく
誰もが終わり
始まっていくよ
あたりまえの　ことよ

今日の詩篇　13

2010年04月26日
00：49

おんなという一瞬

それはむこうから手を握りしめるとき
そのちからを一瞬つよめるとき
それは果てしなく抱擁にちかい営みだ
と思った　彼女には死ぬまでもう
月経はなく血を指に集めているんだね
だからこんなに温かくなるのでしょう

ひとは　うまれてきて　しまったね
それならば　生きのびましょう
そんじょそこらの　捨石のようでも
――からだに気をつけること
――それではまた　また明日、

真冬の雨に根腐れしたらかわいそうね
あのひとは　植物を店の隅に寄せた
犬でもなく猫でもなく葉を抱いたよ

おんなとわたしは　そこで「離れる」
扉をとじるむこうがわに　おんなの瞳
がほそくほそく　消えのこっている
わたしは　握ってもらった手を大切に
持って帰る　信号が青にかわって暗い
横断歩道を渡る　巡査がたっている

2010年04月26日
00：54

こころひとつ　からだひとつ

ギリにしばられた愛なんて拵えられた愛なんて
憎しみの実が　なるばかり　であるから
わたしは　アイの　みなしごだけを求めていく

こころひとつ　からだひとつで生誕するのだ
こころひとつ　からだひとつどうしで祝おう

いずれ　背なかに　ハナビラの　いちまいが
まだ少しだけ白い日に　鮮やかに貼りついて
煌めき涸れた　声として訪れてくるのだろう
女装っ子（プレーン）
しゃぼんだまのように　薄命な　いのち……
——テレビの　なかには
花の　モンシロチョウは　まだ翔んでは
おりません

紀伊國屋書店エスカレーター前で待ち合わせ
黒いスーツを着て　黒い女物の下着を隠して
つけている　とってもプレーンな　女装っ子
四十三歳さ！　お日様はエスカレーター前で
べつにキラキラとは輝いてなかった

——「はじめまして」とわたしたちは声を交わし
　白昼に　レンタルルームを　さがしまわった

彼はベッドにうつぶせになり「私はネコです。
あまえんぼで淋しがりやの」と眼球に　水玉を
滲ませたのだった

――つまりそんななりゆきで
ネコちゃんと抱きあった　体毛処理に余念の無い
彼には　黒い薄物を　はぎとられることが　幸せ

そうしたら　わたしから精液が出ちゃったんだ
ネコちゃんが　それをぺろぺろと舐める
精液とは　とおい国の海の風味がするそうです
そのようにとおい視線で空を仰いでいるのは

匿名のヒトだ　つまり遥かな国のヒトだ
匿名なので輪郭線だけが浮かびあがってくるのだ
余分なものは　一切混じっていない
蛋白質がきれいに発酵したものだよ

匿名のひとは　インターネットからやってくる

夕暮れの御弁当

2010年04月26日
01：45

ピアノの鍵盤をひとつずつ鳴らすように
夕暮れの階段を
のぼっていった
そこには　波が打ちよせる
防波堤があるから

その日は独りを生きたかった
混じりけのない個人に
朱色の太陽が　沈んでいった
潮のかおりがする　防波堤で

でも純粋な個人には成れない
なにかと接してはそのときの
関係が生まれてくるからです

わたしの　涼しい夕食
持っていた　御弁当の
包みを静かにひらけば
旬の魚の西京焼と浅利のおこわ
ほの甘い煮豆　ひじき
そこから関係が生ずる

割箸で触れるたびに関係が
舌や喉を通るたびに関係が
夕暮れの御弁当「彩夏」と
関係が生ずる
声を発しない味との対話が
声を発しない彩夏との話が
現れていると感じるのです
やがて　宵闇が訪れている
ありがとう　今日の御日様
ありがとう　今日の食物よ
わたしは　もう少し
此処に座っていようと思う
ピアノの鍵盤をひとつずつ鎮めるように

今日の詩篇　16

2010年04月26日
01：52

生きていく月

雨のときは　ひとが亡くなりやすく感じられる

露の季節
あなたは昨日までそこにいたのに
あなたは昨日までそこにいたのに
あなた自身までずぶ濡れになったのか
ふしぎだ

あなたは土の世界から
水の国に
吸い込まれてしまった
のだろうか
遺言のひとつも残さず
あっという前に
天地がひっくり返った
ように——

あなたのささやきに耳など貸すことなどなく
わたしは土の国に
ためらうことなく残る
いまは
生きていく月
傘などささず
雨のときは　濡れることをたのしみとしよう

本来の《自分》の姿とは

2010年04月26日
01：56

音楽を聴きながら　ふとおもう
《原音に忠実にリマスター》
ヴォーカルや各々の楽器のはたらきが
より鮮明に　迫ってくるそうだ
――ああ、何だか良い音がする

しかし　原音とは何だろうか
初めに録音されたときの音
ということだとおもうけれど
その始まりの音は　マイクを通して
成されたものであり
それを《マザーテープ》と呼ぶ

《マザーテープは　にせの母》
にせの母の手前に　本来の母
が在るはずで　でも行方は知れず
何度もリマスターされた
音は美しい立体感を醸し出すが
本来の母からは　あちこちに
枝分かれして　遠ざかっていく
ばかりではないかと考える

――あの頃のきみはもっと豊かに
笑っていたのを憶えているよ
と　或る人に指摘されたことがある
その人の考えのなかにある
《あのころのきみ》というのは
すでに複製された《わたし》である

投薬治療を受けて　ようやく
回復期の端にいる　わたしは
日常生活を送ることができるよう
平準化を目標として　訓練され
存在しているのかもしれない
本来の《わたし》は　行方知れず
多くのものを　切り捨てながら
いま・ここに生きているのだとおもう
わたしの《マザー》の手前に
本来の《自分自身》があるのだと
リマスターされつづけておもう

2010年04月26日
04：05

浮上する教室——来るべき日々へ

梅雨入り前の　あじさいの花を手元に
ひきよせてみたときに
あじさいとは　球体で
香りは　ほとんどなく
薄紫の花は
ふれると瑞々しかった
形も　色も　水分も
指さきに　伝わってくるのだった

あじさいは　直接話法である

——元気にしていますか　と
ネット上でわたしを見つけた友から
突然　メッセージが届いた日
もう　三十年くらい　会っていない
友からのメッセージがきっかけで
連鎖反応が起こり　何人かと
ことばを　交換しあうようになった

ネット上の空間に
教室が　蘇生したのである……

三十年くらいのあいだで
それぞれのひとたちがそれぞれに
暮らしてきたことが
文字列の配列から伝わってきた

三十年くらい前の　彼らの姿と
三十年くらい経った彼らのことばが
交差して　あたらしい花となる
画面にふれても平らである
文字を読むことはできるが
ふれることはできない　あじさい

彼らは比喩的にものごとを書かない
そのことに瑞々しさを感じる
まっすぐに投げかけられる球

それは　間接話法の直接話法である
わたしは　返信を書いていく

行かないで、詩の時間

2010年04月26日
04：07

新聞配達のバイクのおとが
ひびいてくるころ

かさねられた数枚の毛布にくるまり
わたしはおもった

行かないで、詩の時間
あなたは明日も訪れてくれるけれど

行かないで、詩の時間
あなたが僅かでも眼の前を離れると

こころの中は白くなり
むねの鼓動は速くなり

翔いていった恋人の未来をいのる
よろこびと
居残ってしまった寂しさで一杯だ

靴の紐が切れてしまって
泪こぼした青年をみたかい

かれはかれのあの日の詩が
おもいがけず　擦り抜けてしまった
ことに　こころが割れた

割れたこころからでた泪
ああ、行かないで、詩の時間——

だれもが幾たびか通る道
ああ、行かないで、詩の時間——

行かないで、詩の時間
あなたは明日も訪れてくれるけれど

行かないで、詩の時間
あなたが僅かでも眼の前を離れると

こころの中は白くなり
むねの鼓動は速くなり

朝はまぶしくなりすぎるから

今日の詩篇　20

2010年04月26日
04：09

ベルトへの黙禱

二十年間使ってきた革のベルトが
遂に　ちぎれてしまった

黙禱——

わたしの体の一部へひっそり黙禱

ベルトはそれだけを使ってきたのだ
と　おもいながら腿に醤油をこぼす

あたらしいベルトを買いに出かける
雨あがりの川の濁流をまたぎながら

新しいベルトを……

今日からわたしの腰のまわりを
包んでくれるのですね

「どうかよろしくお願いします」

ちぎれてしまった　革のベルトを
洋服ダンスの引き出しにしまった

埋葬……やがて一分間の黙禱——

2010年04月26日
04：14

あなたの好きなようにやってください

ひとは一生のうち何回テレビを買い換えるのだろうか
わたしは　わたし自身が買った
三台目のテレビで　いま情報番組を観ている
このテレビは　十年前に買ったもので
当時としては鮮明な画像が「ウリ」のテレビだった

いまは　薄型の液晶テレビで
ハイビジョン放送を楽しむ時代
地上デジタル放送に切り替わっていくので
チューナーをセッティングするか
あたらしいテレビを買うか
わたしは　決断しなければ
ならないという頃合いだった——

わたしは　いまのテレビがすき
ブラウン管テレビの厚みがすき
だけど　チューナーはノイズだ
部屋のデザインを　崩すからだ

この詩が書かれ終わって　もしも詩集になる頃には
結果が　出てしまっていることだろう
わたしはいま　この詩を書いているときと
未来のときとの間でこころが揺れているわけなのだ
更新されていく　ひとの世界の
ネットワークの網の目で揺れる

わたしはテレビを観ながら胸を締めつけられる
——このテレビには　何の罪もない
そういう気持ちで　情報番組を観ていると
あなたの好きなようにやればいいじゃん　と
テレビからメッセージが送られてくるような気がする

今日の詩篇　22

2010年04月26日
04：17

燃える蛍光管

それは初めは　月の輪のようだった
のに
見つめていると
瞳の奥で　閃光となり
白さもまた　燃えているのだと知る
烈しい白の
天体

管楽器のように
響き渡る蛍光管

千代紙で　折られた鶴が
多色刷りの版画のうえを
舞って
いく

つぎの日の朝は　雨模様だったが
わたしのなかには
白の天体が
輝いているのだ

白の天体を　いだきながら
一歩　踏みだそうとする　わたし

2010年04月27日
00：23

ひるがえる様々な布

洗濯された
いろいろな衣類は
素直です
はたはたと揺れ

風の最中に
まっすぐな布へ還り
乾いて
畳まれる前に
何かを
伝えようとしている
みたいです

それらは——

いろいろな
内容の
何通もの手紙のようで
開封して
読んでみたい
と想うのです

その日は
陽射しがよく透って
彼らは
ずいぶん
はやくに乾きました
読まれる前に
部屋の内に
とりこまれて
しまったのです

今日の詩篇　24

2010年04月27日
00：29

筋肉の抒情詩

ああ、そうだった
肉体のうち
顔の下にも
こまやかな
筋肉はめぐらされているのだった

あなたが笑っている
あなたが怒っている
あなたが笑っている
あなたが拗ねている

筋肉の繊維に　ささえられながら
あなたの瞳が
あなたの感情をあらわす
あなたの瞳は
夜明けの月のように浮かんでいる

瞳はさまざまに
ねじれながら……

あなたが泣いている
筋肉の繊維群に　ささえられつつ
夜明けの月から
水がしたたりおちている

わたしは　どのような
あなたの表情も
受容したいと　祈っている

今日の詩篇　25

2010年04月27日
00：37

夢・愛・希望

早朝に　ウォーキングをする
夏の始まりなのに　涼やかだ
舗道に沿って
どの店もまだ
シャッターが　降りている

わたしは　わたしの速度で
ゆっくり歩くので
舗道に沿って
店の看板をつい読んでしまう

何を売る店か
想像しながら　歩いていた
看板に書いてある文字で
概ね　察しはつくのだった

夢・愛・希望
と看板に記された店があった

口に出して読むのが
少し恥ずかしい言葉ばかり
その店では

夢を売ってくれるのか……
愛を売ってくれるのか……
希望を売って
くれるのだろうか

ふしぎな心地で　橋をわたる
川の水は濁っているが
悠々と水は流れつづけている

今日の詩篇　26

2010年04月27日
00：45

あ、涙を拭きなさい

──　中華人民共和国の　人民のナミダを初めてみた
手延べそうめん　くちうつし　コレハ　ニホンの麵類
──　お姐さん、あれは月？／ちがうよ　アレお菓子
「この小さな道は　抱擁してあるくべからず」
──　北極星がきれいだねえ、姐さん、そう思わんか
──　ワタシがアナタの上に載ると重たかったろう

──　ほら、ナミダを拭きなよね、もしもこの世から
姐さんがいなくなっちゃったら後追いしてしまいそう
だよ　もうすぐ飛行機が遠くから渡ってくるころだね

たなばたサーラサラ　のきばにゆれてお星様キラキラ
キンギンスナゴ　これってさ　どーゆう意味なのかな
夏のころ　歌のへたなぼくらがくちずさんだモノだよ
あ、涙を拭きなさい　私は洗濯するのがにがてなので
クシャクシャに丸まったガーゼのような布をさしだし
たのだった　姐さん、いつかまた、マッサージほしい

ほしいのね、そうめんのかわりにナニヲくちうつししよう

今日の詩篇　27

2010年04月27日
00：55

アユタヤのおんな

東京都江東区　夢の島へと
連なる明治通り
点々とならぶ下町の
路の雑居ビルで
彼女たちは働く
小星のように窓が灯る

母国は日本の東南
足裏マッサージは格安である
待合室に
日本語の教本が
開かれ書き込みがある

足裏のつぼは内臓に
結びついている
わたしは胃が悪い

このあたりは
ライバル店が
多い　けれど
「PRISM」の妹はよい
この格安さは優しさ
なのだろうな

タイの香草とタイ語が
ながれている
妹の娘は体操少女
時折リボンを振る

タイから日本へ
来て日本語を話す
たどたどしいが
清潔な佇まいだ
足裏マッサージが終了すると

熱いタオルで
ふくらはぎから足指まで
拭ってくれる

彼女は母国語で
合掌をしている
彼女はいつも笑顔である

今日の詩篇　28

2010年04月27日
02：55

詩と花

詩は　たましいのミルフィーユのようですね
——と　おんなは
菊の花たばをだいて微笑みつづけるのでした
きせつのかわりめに着る服がいつもないのだ
——と　ぼくは……
すこし苦笑して　それから微笑んでみました

2010年04月27日
02：59

サイテーの自分をさしだせ

おたがいに清潔なこころでは会わない
からだはふてぶてしくってよい

わたしは　ヒトは信用しません
親でさえ　ギリギリなのだもの

おふろ入ってません
したぎ替えてません
それでもいい「仲」

不精ヒゲくらいなら　剃ります
酒臭いかな　それが休日のわたし

黒胡椒のポテチ食べたお昼
中華丼にラー油かけて　ＧＩブルース

抒情的にかんじる曲

サイテーの自分をさしだせ
おたがいにつかれることはやめるんだ

2010年04月27日
03：01

たましいのよろこび

後の祭りがゆきのように降っている
ほらね　きれいだよ
あなたのくちべにが
舌に染まる　感触をたいせつに……

たましいのよろこび
空をあおぐよろこび
ちいさな結晶たちだ

ランドマークタワーから横浜の港を
眺めにいってみよう
レストランの窓から
海猫たちが見えるよ

すべての橋が弧を描く虹に思えると
あなたは震えている
あなたは震えている
マフラーが風に靡く

ほんもののチケットを手にすること
が　きっとたいせつ
あなたのくちべにが
喉に降りる　感触をたいせつに……

たましいのよろこび
たましいのよろこび
たましいのよろこび

苺のゼリーがやわらかく掬われていく

2010年04月27日
03：05

ニュータウンの身体

わたしが足蹴にしたあのひとは　天使だったのでは
ないだろうかと思っている……
安い文具屋で買った　手鏡をみがく

どのような伴奏も　必要ありません
見つめるもののまわりに白い陽射しの縁が浮かんだ
茜色の　週末に終焉を　感じた
人生のキス、場合のキス──、

或る　はなびらは　もえつきぬ
それでも　世の中の
膨らんでいくところが好きです

ハクモクレンが　ろうそくのように咲きはじめた
ころのこと　坂道を歩いた

ふるいニュータウンの
そんなマイリトルタウンの壁に
鼓動を　きいたんです
ゴーストタウンと囁かれた壁に

それから半年が経ってわたしは
ふるいニュータウンから
さらに遡る　ニュータウンへ
引越しをした　夏のことだった

隅田川へ注ぐ小さな川を
覗いたら　わたしを包む
マイリトルタウンやマイリトルタウンは
川面に　二重写しになり
生活の身体が絡まり東京湾へと流れていった
人生のキス、場合のキス——、

白梅とサクラのあいだのハクモクレン
奥へ進むほど　朽ちていく　ニュータウンの身体に
静かにころもがえをするかのように
その季節はまた　訪れることだろう
ヴァニラのように微笑みたいけれど
わたしには　あやまらなければならないひとがいる

むくんだあし、浮腫のこえ

2010年04月27日
03：09

はるのあさ　くつしたをぬいだら
ふくらはぎからつまさきにかけて
あしが　みずまくらのように
たぷたぷへこんでしまうのでした
浮腫——とかかれむくみとよむ

むくみむくみ……とおもいながら
むくみ、というなまえのちいさな
むすめがうまれたようなきがして
漢字でかかれればやまいのようだ

わたしはたっていても　すわって
いても　あらがえはしない、
重力——というちきゅうのしん
にむかっていくおおきなちからに
せおわれて　からだのなかの

いらないみずはなにもかもあしへ
おちるのでした　はるのあさ
………………………………
おもたいよう……とむくみがなく
わたしはむくみへまっさーじする

むくみ、をさずかった　わたしは
たいじゅうがとつぜんふえる
よるにはあしまくらをしたにいれ
心臓よりあしがうえにくるとよい
らしい　すると浮腫はひくという

あしまくらを　かいにでかけたら
わたしのむすめみたいだった
むくみは　わたしのためにきえて
しまう　「おとうさん」とあのこ
はいうか「じゃあ、ばいばい」と

今日の詩篇33

2010年04月27日
10：01

苺の色

日曜日の早い朝には　うなじから動きをはじめて
肩の骨のしたにある小さな窪みに
甘い匂いの苺が実っている
くすぐられて背中がかゆいような気がする
毛布に苺の汁の染みができて
とおい　早春の気配のなかへと服を着替えている
とおい春の口笛は　青色だ
あなたは　これから何処へいこうとするのだろう

道玄坂で　苺の色のパフェを食べたい

あなたが「精霊」、であることを知った理由はね
直感だったよ　――そういうことを信じきっても
いいのだと思った　そういうことも価値だと
飛行機雲がみっつ　地上と宇宙のあいだに細長く
浮かんでいるよね……　ぼんやり
それらは　やがて淡くなって消えていく
なぜ文字を記す　風がさっと吹き
砂丘のように　かたちが移ろうことばなどは泣く

飛行機雲のようなステイタスばかりがあるねえ

いつまでも花束をいだいて立っている
その何処か……　その何処かへ戻ろうとするだけ
アパートは　かりそめの苺の畑
赤いスプレーを撒いただけなのさ
ぼくは苺の色の天体を一日も速くさがさなければ
ならないような気がしている
世の中のだれひとり酷いことなど為してはいない

他人を殺めた人ですら　しおれそびれた花だった
ねえ、死刑囚　殺めた殺めた　死刑囚
いつか逢ったなら　本当の気持ちきかせてよね

今日の詩篇　34

2010年04月27日
10：04

雉鳩

シジミ蝶の群れが翅をやすめているのかと思ったら
　いつもとおる　芝生のあいだに
　水色のオオイヌノフグリの群生
そのあいだを　雉鳩が一羽　のんびりと歩きながら
　こつこつと草の種をつまんでいた
　雉鳩は　いつでも独りきりだなあ
　一夫一婦制であるが　婚姻を
解消することも多いのだそうだ
そのあとそのうえの空を山鳩の群れが飛んでいった
お薬手帳は　色々のチューリップの花壇

今日の詩篇　35

2010年04月27日
10：06

フラワー

ひろいわね　――と　あなたは言った
デプロメール　トレドミン　メイラックス
デパス　サイレース　セルベックス
（　やるせないわね　ひろびろ　）
…………………………………………
（　あたたかいわね　ひろびろ　）
それらが　体内で咲けば　フラワー
をつくりだしてくれます　朝や昼や深夜
（　駅から離れるほど美しい街で　）
あいしあった直後のように　からだが
（　おべんとうの小箱をあけよう　）
火照ってきます　花壇が輝いていますね

すこやかに

2010年04月27日
10：08

すこやかに摘みとられたい
ぼくのチューブを
すこやかに探しだされたい
ぼくのホールとか

そこには君にあげられるものがある
ぼくが胸を引きさえしなければ

夕闇の海岸線
浜辺にそって
ランプが灯っている
どこまでもひとが

きりもなく累積しているけれど
波打ち際から見ている
過去のような水平線

しおが遠くに引いていく
濡れた砂が黒光りしている

あの辺りにいこうか

ぼくは夜を引きはがして
赤んぼうになった
世話になるね
これからのながい海のじかん

あなたはひとでなく
どこまでもケモノでよいということ
色々な世界の仕組みには
ほんとうに飽きた

からだ摘みをしてあそぼう

2010年04月27日
10：10

垢すり

郭（カク）は大変に命懸けなおんなだった
そんなふうに憶えておきたいと思う
五十分のコースをお願いすると
その場になり　あなたは八十分のコースに
すべきだイマイさん　と言う
経営者の指示があるのだろうね
ビジネスだ　あたりまえさ
一度　彼女の施術を受けたことがあった
垢すり　蒸しタオルのほぐし
ボディ洗いや髪洗い　凄絶なヒーリング
相手の傷が呻いている断層に
すぐに敏感に気がつくようで
水着のようなすがたで　おおいかぶさり
自分の全身から熱い玉として
それを押し流してしまうのだ
あたしはあなたがお湯にいるのを
ときどき見た　だけど
あなたはここの場所にこなかった
今度は　指名をいれるし
もっと高いのに　してくれるって
言ってくれたのを　憶えてたよ
わたしもお湯からときどきあなたを見ていた
あなたが見ているのも知っていた
約束したから　今日はきたんだ
五十分から　八十分にしてみよう
なあ――　真っ正直に騙され合おう、郭
一生懸命になるのよ、イマイさん
蒸し暑い部屋のなかに笑顔をあらわす
郭の胸に　鉄さえ燃やす炉があって
垢をこそぎとり　筋肉に指を突きたて
わたしの背のうえを逞しく闊歩する
丘陵を越えたら　オイルをすべて共有して
これは短い生産だ　旨いなあ、郭は

今日の詩篇　38

2010年04月27日
11：34

幻覚と幻聴

最期にこれに克てたら
わたしは　こちらがわに残れるとおもった
色彩が渦巻くような
幻覚を　幻覚と知りつつ
実存感はくっきりとしていた
両腕に　絡みついてきたのだ
幻聴を　幻聴と知りつつ
旋律と囁きがはっきりしていた
衣類がこすれると
こすれた音が旋律と囁きに変わるのだ
わたしは　びらびら靡く
色彩の幕をかきわけながら
目を瞑ってはだめだった
いま・ここを突破しろと命じられた
幻覚と幻聴は　まぼろしではない
体験する者には生き物だ
三日目の晩　とうとうわたしは
幻覚と幻聴を切り捨てた
それらは変わらず在ったが
はっきりと　後退したのだった
わたしの指先からは
たえず金粉が蒸気のように立ち昇っていた
わたしが手の指を動かすと
金粉も動いて流れを作った

今日の詩篇　39

2010年04月27日
14：45

おんな

女性のこころは　いつまでもどこまでもやわらかく
伸びていきました　からだの曲線よりも末永く
化粧などを外すと　あなたは一番綺麗になった
残酷なほどに　恋に陥り　残酷なほどに
かろやかに　愛の対象を求めつづけていくのだった
愛の対象がおんなの愛を撥ねつけるのではない
愛には法廷があって　愛がおんなを弁護する
──それほどに愛したのだから　あなたは
いつでも許されている　ずっと許されつづけていた

2010年04月27日
14：49

ジャンヌ

よこしまな願い事に満ち満ちていた
胎のおくの大海原
打ちよせて　打ちよせて
朝顔はそのままでいい
昼顔はそのままでいい
岩場にからまる　肢体
絵具のチューブをしぼりきるように
毒を抜かなくてもいい
黒いなみだに濡れたジャンヌ

喫茶店でアイスクリームに
熱いエスプレッソを注いで
融かしながら　食べていた
テラス席から遠く見わたす
東京郊外の暗い青い森の樹々
コンピュータで愛情などを
入力している　ひとが居る
太陽がおおきく迫ってくる
そんなときにジャンヌは　ぼくに囁く

わたしは闘士なのでジャンヌである
だけど　わたしは　かなしくて
ジャンヌではない夏がある
わたしは降臨をしたジャンヌである
しかし　わたしは　うそもつき
ジャンヌではない秋がある
――胎の中に広がる海原からすうっと
流れ着いたのはわたしの息子

息子の喉には「勇気」が詰まって
いたのだが　立ちあがると
それは金属片のように多くが剝がれた
だが悪夢ではない　ジャンヌ

今日の詩篇　41

2010年04月27日
14：52

カリフォルニア

ひとめなどはばからずに　ぬぐってやりたいと
おもった　あなたのなみだ
しかし　ぼくは　なみだを観察した
——その水は　とても無垢で
あなた自身のものだ　みんなが孤独だったが
ぼくは　それに　手を触れてはならないのだ

涙の川音が　ひいたあとで
人と人は　洞あなのような　目をみつけあって
手をふっていたりもする　ああ
また　逢って　話をしようじゃないか
ことばのかわりにぱたぱたうごく
鳩のような　手と手があるから

行く道も　帰る道も　ひとりっきりの旅だった
けれども　祈ったり　祈られたり
それらを　どこかで　感じていて
包まれながら　折れ曲がったりもする
ゆるしも　償いも　和解もみな……
海底トンネルを渡っていくような遥けさがあり

打ち切られそうな　生涯のチケットに
しわひとつ　はいらぬように
ことばを発して　けっして離さない
地下鉄の　おおきな窓から
ながめると　水に沈んだ頭が列になり交差して
白装束を織っているような様子だった

スイッチをおすと　おとずれる　神聖な陽射し
カリフォルニア辺りの肌の模様
夕食の献立のイメージは
なつの日の　輪切りのとうきび
あきの鳴門金時　ふゆのふくろのあずきのお粥

バレンタイン

2010年04月27日
14：55

夕焼けに全身を照らされながら帰宅した
二階建ての古いアパートに
暮らしていた　いつの頃だったか
郵便受けの扉をひらくと
銀紙につつまれた　チョコレートが
シャワーのように溢れでた
それは　コンクリートにも
自転車置き場の方にも　しぶきとなって
飛び散った　恋だった日は
そのようなものを両手で拾い集めていた

恋だった日は　幅が4キロ程の
イグアスの滝が激しい力で立ちあがって
街の何処にもそれは溢れていた
部屋の傍らには寒椿
寒椿の濃い赤には黒が混じっていた
ことに　そのときは気づかなかった
——チョコレートの輪舞曲
イグアスの滝　寒椿の落花
——けれど　それらはもう
鉱物となった　記憶のひとつの塊として
からだの食卓の上に飾られてある

バレンタイン　バレンタイン・レッド
いまでは　職場でいただくものを
感謝チョコレート　というのだそうだ
「女子社員一同」そのような
手描きのカードが　添えられて
その日の夕方は　ちいさな祭り
辻馬車に乗った数人の少女たちが
男子社員一同へ　花束を渡していく日
少女たちには恋人がいて　恋人の
影がゆらめく　どうも有難うございます

今日の詩篇　43

「愛」の哀しみ

2010年04月27日
15：12

渡り廊下をたどってゆけば
その終着点で
「愛」とよばれたものが哀しいのだ

渡り廊下はながいので
途中でいくたびもしゃがんだが
端までつけば
「愛」とよばれたものは何もなくて

ぼろぼろになったシャツのなかに
太陽が彫った　入墨があっただけ
「愛」とよばれたものは何もなくて
けっしてけせない入墨があった

また　或る季節には渓谷は途方もなく底にあった
渓谷の底には鬱蒼とした森

わたしは歩いてみることにした
なぜ　そうおもったのだったか

長い吊橋をたどっていけば
揺れるばかりで
つかまるところひとつなくって
「愛」とよばれたものが哀しいのだ

長い吊橋はゆるいので
途中でいくたびもしゃがんだ
端までつけば
「愛」とよばれたものは何もなくて

にじにみせかけた七色の蜃気楼があった
さわれないにじがあった

2010年04月27日
16：14

黒豆煮汁

黒豆煮汁は果汁である
澄んでいます
甘みがあります

つたえるこえがやせないように

黒豆煮汁を飲むのです
含んでいたよ
あなたはくろまめ

くちびるでたどり
舌に含ませて
こころは　愛を告げます

それは肌の愛そして
そして　性の愛です
可憐な裸身に　なりたくて

つたえるこえがやせないように
下着のうらの
あなたはくろまめ
きれいだくろまめ

努力してひらくよ
天然の匂いめざめて

唇で手紙をかきましょう
爪の先を魂にしましょう
つたえるこえがやせないように

黒豆煮汁は方法である
光っています
照りがあります
つたえるこえがやせないように

わたくしたちは
はだかんぼうだ
愛していると言えない

らくがんのように
かさかさした触感
それは幸せでないのです

今日の詩篇　45

2010年04月27日
16：17

鶏がらスープのよるに

スーパーで買った　顆粒状の
鶏がらスープのもとに熱湯をそそいでは
おかわりして　のみました

こころに　きらきらを
にごった金色は　美しく
よくできているものと想う

よみがえる　たましいに
よみがえる　あすのよる

ところで　わたしは想う　抒情詩はすでにしんだのか
水割りをかたむけて
そうして　わたしは想う　抒情詩はすでに虫の息かと

このごろは　どんな詩人
あらわれたのかい……？

スターシステムの裏で

二十年後　読まれているのは　だれなのでしょうかと
そのようなころには
おおくのひとがいないのです

日の出の時間は　きもちよく
夕やみの時間は　行燈のよう

断熱材をいれても寒いのだ
それは　現代詩の寒さであり
アートの　あさい寒さであり
歌的な詩のあさい寒さであり

あなたもわたしも解体されよう
やるのならば解体されよう

等間隔ではなさそうな配置から
やるのならば解体されよう

ああ――　「宮沢賢治」
「春の修羅」は気ままであった
五十年後　読まれているのは　だれなのでしょうかと
わたしは　おもいます

2010年04月28日
00：13

キングとクイン

ドーナツ屋でドーナツを齧っていると　ときには今でも
キングの歌声が　砂埃の向こうから流れてくる
永遠に続く煉瓦を　がたがたトラックが走ってくる
トラックの運転手だったよな　と想像していると
車窓から　二十歳そこそこの彼が　まるで仕事で
徹夜明けのような顔を覗かせて　睫毛を軽く揺らしてた
キングになる前のキングが透明なジーンズ姿で
笑いながら店の中を駆けていく　馬のように
ちかごろ　なにか　夢みられるようなことはあったかい
オールド・ファッション・ショコラ？
ちかごろ　なにか　薔薇を摘むようなことはあったかい
エンジェル・カスタード・フレンチ？
──そうかあ　きっとドーナツは　女性名詞なんだろう

ここは女性の客が多い　みんながタバコを喫っている
市の環境課の人たちも公園の掃除を終えてきたばかり
ひと仕事おえて朝の軽い一服　孫娘の話とか競馬の話
とかをしている　いつもはモノラル・ラジオのように
流れているだけ　すぐに去ってしまう音に七十歳位の
髭の叔父さんがぴくりと反応した
──今朝はアメリカのロックン・ローラーじゃねえか
しかもキングだ　キングの歌ってＢＧＭにならないね

するとタバコを片手に　ドーナツ皿の前で頬杖をついて
いた女性たち　クインがスピーカーを振り返った
──キングって誰のことよ　そんな人のことはちっとも
知らないけれど　たった今　キスされたような気がする
のはどうしてかしら？　それに一瞬　薔薇園が見えたわ
ぼくは　ドーナツを齧りながら　硬貨の端で
スクラッチ・カードを　何枚も　削っている
アタリが出たので　黄色いボストン・バッグと交換した
──あんたがクインだからキングがサービスしたんだろ
そんなこともわからないのか　クイン！

水まわり

2010年04月28日
00：17

きょうは二十時間労働なんだよねえ
はははは……なんて
真夜中にうちの台所でわらっている
向日葵水道の吉田さん
水がしたの家庭に漏れて
しまったので　調査にきてもらった

原因はわかったし
後日の修理代の見積りも終わったし
のこっているのは
同じ歳くらいの二人の人間
それぞれの生きかた
ぼくは　酒が入っていたから
こいついい暮らししてやがる
と思ったかどうかは判らない
別の場所で会ったら
飲み友達になったかもしれないなあ
……と　おもう

吉田さんが飲兵衛とは限らないのに
ね　水まわりは虹まわり
台所の食卓に
綺麗な花くらい
いつも飾るものだと
言われたことがあったのを思いだす

今日は　向日葵水道の
吉田さんが台所に立っている
このような時間はいいな
団地の界隈で　吉田さんとぱったり
出会ったとしたら
吉田さんと挨拶をかわすのだろうか
何か　話はできるのかしら

今日の詩篇　48

2010年04月28日
00：21

フライト

あの天使には告げました　わたしはいやです　まだ
今回のフライトは　そんな　春の雲へのフライトは
まだまだ　まだまだ　この髪の毛だって
雨つぶをぴかぴか反射できるのですぜ　天使さまよ

関東南部の暖かい雨　のれんをくぐって　頼むんだ
新宿を代々木寄りに散歩してね　博多天神の
ばりかた（荒々しく固い）とんこつらーめんを
きくらげ　山盛りでおねがい　ちょっと張り込んで

とんこつって　豚の骨でこつこつスープ作るんだろ
博多天神さまが　厨房で　おおらかに語ることには
――このスープは珈琲でいえば　所謂濃厚ブラック
調味油　白ゴマ　ベニ生姜　高菜の辛子漬けなどで

お客さまのおこのみでブレンドしていただきたいの

はいはい　でもね　ぼくは何より麺が固いうちにね
先ず　ばりばりとやるのが好きなのだ　おこのみの
ブレンドはそれからの話なの　ばりばり　ばりばり
そんなふうに働いてみろよってつっこまれそうだな

てへっ　てへっ　てへへ………………………
笑ってごまかすなって　いちいちチェック入れるな
調味油　白ゴマで味を調えたスープが冷めぬうちに
ばりかた(荒々しく固い)の替え玉注文するんだから
さっと熱湯にくぐらせた　皿の細麺が湯気をたてる

安息日のお昼頃　こんなことしかしてないおいらに
あんたは目をつけたろう　おまえも隣に座りなよ
博多天神のとんこつらーめんを食ってみたらどうだ
旨いだろ　こいつめ　目に涙なんてうかべやがって
こういうことだって　ちゃんとした仕事なんだぞ

今日の詩篇　49
2010年04月28日
00：24

ほのかに

土曜日は　すこし幸せだった　すこしさむい
はるの風が　ほのかに　ふいて
マーマレードのような柄の
シャツを着て歩いた　あなたはいつもいない
あなたはいつもいる　あなたは
いつもいない　あなたは　ほのかに笑う

モノレールに乗って　多摩動物公園のわきを
通過していった　レールが
湾曲しているので　ひとつ先の駅が見えた
折りたたんだ　沿線の地図を
大きくゆっくりあけるように
東京郊外が　広がっていく　水田がきらめく
野鳥が　群れになって　空をよこぎっていく

立川市に着いた　その瞬間に
都会があった　ビルが　地上に突き刺さって
整列していた　いくつもいくつも
ビルの窓々が　お互いの姿を探しあっていた
いくつかの路の上では　ほのかに
陽のひかりのかけらが　走りまわっていた
その陽の　ひかりのかけらを

ぼくは　素手で　つかみとれたならば
いいなと思った　ああ、きれいだよね……

量販店の何階かで　とおくの液晶テレビに
はるの港の風景が　ゆれていた
水揚げされたものたちが　大きな胃のような
網から　いっせいに放たれた
彼らは　尾びれをふっていた　はるかに
量販店の何階かで　安くなっていた
ウイルス対策ソフトをひとつ買って帰った

今日の詩篇　50

2010年04月28日
00：31

つぶやき川

わたしはいま実家に戻ってきていて
遅い午前中にはいつも
軽目の運動としてパン屋へ行きます
帰り道には遠回りをして
御幣（おんべ）公園で休憩するのです
平日の午前十一時過ぎでした――

御幣（おんべ）公園に沿って寄り添う
誰もいない　ちいさな川……
かろうじて水は流れてはいますが
水量は　大変少なく
ぶくぶく不平をつぶやきながら
そこに在るようにおもえるのです

そのちいさな川のそばには
わたしが卒園した幼稚園があります
懐かしさの感情はありませんでした
新しい記憶が積み重なっていくのに
わたしはその幼稚園での日々を
のんびりおもいかえしました
わたしの中から　押しだされずに
ふるい記憶が残っていたということ
です

歩いていくとそのつぶやき川は
急勾配の滝にさしかかりました
川の水が　滝でながれおちるとき
白いしぶきが　はげしく舞いあがり
その水は　歓喜の声をあげたのか
あるいは　恐怖の声をあげたのか
わたしには　ついに判りませんでした

2010年04月28日
00：34

花屋さん

これまでに
幾つかの街で暮らしてきたけど
それぞれの街には何処も
商店街がつらなっていて
あの店が閉じたり
この店が開いたり
開いたり閉じたりの
そんな賑わいをしめしてたけど
わたしの思い出すかぎり
花屋さんの閉店を
みたことは一度もないなあ

なによりも
花屋さんという仕事があるのが
わたしにはふしぎだった
なまものをあつかう店は
いろいろあるけど
なまもののなかでも　とりわけ
鮮度が問われるのが花で

野菜や肉や魚のように
暮らしに必須でないものを売り
永く営まれているのが
花屋さんなのだった

うつくしいもの——
かたちやいろやかおりなどが
ほんとうは　暮らしに
とても　さりげなく
必須なのかも　しれないね
ねえ……
あなたのすきな花はどんな花

あなたの目で選んでください
あなたの感覚で
かたちやいろやかおりの束を
ねえ……
わたしは　それを手渡したい
みじかい花のいのちの
ことばをこころに刻みつけて
ねえ……
それだけで　ひとは
数日くらい生きのびられるよ

今日の詩篇　52

2010年04月28日
00：39

夏のさくらの樹

網戸越しのはげしいせみの声をきいて
わたしは公園へとでてみた

春には　さくらさくら……と謳われた
ものだったよね　いま・此処では
濃い緑の葉　葉と葉の間の空漠
さくらの樹も夏休みの頃なのでしょう

はげしいせみの声と鋭い黄色の陽射し
公園に人影はなく　わたしは
真夏に　さくらさくら……と口ずさみ
なにげなく　さくらの幹を
なでてみた　──お互いがんばろう
春には　さくらさくら……と謳われた
ものだったよね　いま・此処では

樹肌にケロイドのような場所があった
春から夏へいたり　火傷をしたんだね
あのね　いまはね　桃が旬で
桃の果実を　果物ナイフで切り分けて
たべたんだ　そのとき
指を傷つけて　人差し指に包帯巻いた

ああ、そうだ　包帯はまだ
部屋に残っているから　取ってくるね
そうしてわたしは　包帯を取りに戻り
さくらの幹に　包帯をぐるりと巻いた
んだ　ていねいに　化粧水も塗ったよ

MJ（マイケルのこと）

2010年04月28日
00：42

よく晴れた夕暮に　盆の入り
仏壇の前に小机を置いて精霊棚をつくる
亡き家族が道に迷わぬよう迎え火
を焚く　しずかに提灯を灯す

久しぶりですね　ようこそ……
ゆっくりしていってくださいね

夜半——
MJの急逝のことをおもう
夜半——
いまさらそんなに褒めちぎらないで
俄かに膨らんだ賞賛の声々
彼は自らの能力を
随分ながく　捧げなかったよ

蓮の葉にご飯を包んだ供物を　なすや
きゅうりで拵えた馬や牛を

夜半——
わたしもまたMJを愛したが
それゆえ半端な急逝で
雑誌の表紙などに鎮座させられている
彼のすがたが　はがゆい
MJ——おまえは
まったくの「ばか」

蓮の葉にご飯を包んだ供物を　なすや
きゅうりでこしらえた馬や牛を置く

よく晴れた夜空に　お盆明け
オガラで送り火を焚き　またねと
呟いている　オガラがぱちぱちと
燃えながら　消えていった

今日の詩篇　54

2010年04月28日
01：20

おとこおんな

おとこおんな　おとこおんな　おとこおんな　おとこおんな
わたしは　そのような者らしいのでした
おとこおんな　おとこおんな　おとこおんな　おとこおんな
わたしは　そのことが誇らしいのでした
おとこおんな　おとこおんな　おとこおんな　おとこおんな
わたしは　男性器官は　生殖器官として
用いることはないし　悦楽器官としても
用いることはなくなった　男性器官は　からだの
臍のしたに　ぶらさがっている　花弁なのでした
おとこおんな　おとこおんな　おとこおんな　おとこおんな
わたしは　そのように　植物性のしあわせ

シングル

2010年04月28日
01：23

ガスの栓を締めた　ドアの鍵を掛けた
久しぶりの青空が階段から見えた
公民館の屋上から蒸気が噴き出ていた
それが雲の端と混ざりあっていた
出勤の時間帯　駅の地下街で
天ぷら蕎麦と野菜ジュースを買った
有線放送から春のバイオリンが
霞のように流れていた　電車に乗った

独り身だなあ……と座席で思った

昨日の夜　特集番組で見た無精鬚の
シングル・ファーザーは大きな手で
子どもの弁当箱に少なくとも五品の
惣菜を詰めこんでいた　その場面が
眩しく甦ってきた　額に汗が滲んで
いた　食べさせなければならなくて

離婚をした……為にそうなったが

児童が母の側へ行くか父の側へ行くか
事態としてはそういうことだった
シングル・ファーザーの大きな手とは
弁当を作るにはヤツデの葉っぱだ
何て喜劇的な展開を示してくるのだろう
おかしくって　なみだが零れそうだ

ぼくは結婚はしない　詩と歩むためには
独り身を賞味しつくさねばならないと
勝手気儘にそう決めつけてきたのだが
公園の噴水が　たかく跳躍しては
飛散して　そんな場面が繰り返されると
シングル・ファーザーの額が近寄った

2010年04月28日
01：26

無免許

やわらかい綿がふりだして
遠くやわらかく
重なって
まっしろな野原がひろがったので
無免許で
野うさぎになる

走ってあげる

骨になるまで走ってやる

こんなにも
ゆたかな後ろ肢は
そのように使われるべきだと思う
そう思うより
前に
ゆたかに飛び跳ねた！
飛び跳ねた！
うれしくって
飛び跳ねた！
しあわせな命じゃあ

どうしよう
こんな
無免許な
まっしろな気分
こんな
野うさぎを誰も取り消しにできぬ
取り消したら
刺してあげる

しろいからだが
骨になるより　もっと速くに

2010年04月28日
01：28

とびらのすきま

――おやすみなさい　またあすのあさ
そういって　とじかけた　木のとびら
そのすべてまでは　とじきれずに

一瞬の目と目に　未練があったので
そこに　とびらのすきまが　できた

向こう側は夜　こちら側も夜――
けれど　それではっきりとした
向こう側の夜とこちら側の夜は異なっている
それぞれの生活の空間の違いを
一枚の木のとびらが　顕した

昼間　とびらのすきまがみえなくなり
一緒に食事をとったりするときも
わたしたちは　同じ空間にいるようで
ありながら　ほんとうは
それぞれの領域を　暮らしているのだ

――おやすみなさい　またあすのあさ
――おやすみなさい　またあすのあさ
「おやすみなさい」は優しいことば
厳然とある境界線を　霞のようにつつんで
とびらのすきまを風景にしてくれる
一瞬の目と目に　やすらかさをあたえて
くれる……「ありがとう」

今日の詩篇　58

2010年04月28日
01：36

リアル・ワールド

翌日に跨ってからの深夜二時頃の雨は
割れたプラスチックの破片の
静かな　集中砲火のようです
頬に突き刺さった雨を抜き取りながら
深夜営業の店の前でほそい傘を畳む

こんな時にはウイスキーが欲しくなり
春にも夏にも秋にも冬にも
目が冴えては　疾うにバスの通らない
道幅の大きなバス通りを
かぎりなく広角的に歩いていくのだ

鶏肉の唐揚げは　売り切れてしまって
いた　代わりに青唐辛子たっぷりの
粗挽きソーセージをくるんだタコスを
温めてもらった　本当は肉類は
露骨な食べ物なので好きでないのだが

闇のなかで齧りながら歩く肉類はまるで
何かの動物を獲ったような感覚を
しきりにあたえつづけて不思議だった

星身（ほしみ）という名の下に成人した
バイトの店員が　業務用の大型の
洗浄機のブラシを激しく回転させていた

プラスチックの雨が降る夜は
雨音だけでは足りないとでも言うように

帰る途中にウイスキーの瓶の蓋を開けて
ひとくち　自転車置き場の屋根を打つ
水滴はみしらぬ空中をおもわせる太鼓の
連打　ウイスキーの辛さ　胃が熱い
放射状に拡大されながら　熱さを弄ぶ

2010年04月28日
01：38

TWO PRICE DOWN

目の前にある自動販売機では
缶入り飲料を
120円ではなく100円で売っていた
《TWO PRICE DOWN》
わたしが手を伸ばしたのは
100円の　缶珈琲

味は《ビミョー》だった
けれど　飲み終ると
20円の差に飲み込まれた
わたしが残っていた

安くそこそこの味を手にしながら
残っていたのは
何処かで《豊か》を失くした男
こんな痩せた心地になるなんて
《TWO PRICE DOWN》
の　ばかもの　ばかものとはわたし

児童公園のあかるい砂場に
空いた缶を　放り投げた
自分で失くしたこころのかたち
を──

今日の詩篇　60

2010年04月28日
01：40

再インストール

PCが起動しなくなって
寿命かな
と投げ遣りな気になって
はじめて
OSの再インストールを
こころみたのだった

ドライブにCD-ROMを
挿入して
セットアップの指揮官に
したがって
わたしは従順に動くのみ

心地よいほどの　服従だ
わすれさってた　感覚だ

楽器を弾く練習みたいに

バックアップを
とらなかった　データは
すべて　彼方へときえて
しまった
──さようならデータ
初期化されたPCの
デスクトップの　背景は
広々とした　野原だった

指揮官はもういなかった

その野原にわたしは再び
さわやかな気もちで
立っている　わたしの他
誰ぁれもいない　野原に

わたしは何処へ行こうか
と　かんがえ始めている

スキップしていたんだ
とても軽い足取だったよ

今日の詩篇　61

2010年05月03日
09：30

OVER……（フィフィに捧ぐ）

LOVE IS OVER…………それから　あなた　どうしてる
つぶやくように　それを　うたいながら

LOVE IS OVER…………あなたは　しんでいた
　　　　　　　　　　　　わたしは　いきていた

LOVE IS OVER…………へたくそな　にほんの　ことばで
どうして　そんなに　うたいあげられたの

LOVE IS OVER…………わたしは　しんでいた
　　　　　　　　　　　　あなたは　いきていた

あなたがいきていると知ったのは　ちかごろのことだよ
第二のふるさとなどというけれど　にほんはその一つじゃないですか……
異国で　よくがんばったな

LOVE IS OVER…………ほんとうは　テレサが死んだ
LOVE IS OVER…………愛人がいたのならすくいだね

アグネス・チャンがあなたを敬慕していた
なぜ中華系の歌手は　にほんごがカタコトなのかな

LOVE IS OVER…………あれから　あなた　どうしてる

LOVE IS OVER…………それから　あなた　どうしてる
つぶやくように　それを　うたいはじめ
すこしずつ愛あるわかれを　うたいあげていったのだったね
そうして　べつのひとのところへいったよね

第二のふるさとなどというけれど　にほんはその一つじゃないですか……
異国で　よくがんばったな
にほんではよいかせぎになるなんて
いわないで　ほしいのです　それは

にほんはそういう時代だったのです
ごめんなさい　にほんじんは
おおむね　じぶんのことしか　かんがえてない

LOVE IS OVER…………それから　あなた　どうしてる
つぶやくように　それを　うたいながら

LOVE IS OVER…………あなたは　しんでいた
　　　　　　　　　　　わたしは　いきていた

おおむね　にほんじんは　すてやすく
おもいだすまで　じかん　かかりすぎるよね

LOVE IS OVER…………それから　あなた　どうしてる
つぶやくように　それを　うたいはじめ
すこしずつ愛あるわかれを　うたいあげていったのだったね
そうして　べつのひとのところへいったよ

2010年05月05日
00：31

わたしのたからもの

わたしのたからもの
それは
日に日に
むすめがえり
していく
ははである

「母」は存在が「詩」であった
「母」はわたしをいとおしんだ
ずっと愛してくれて
いちども言葉を
本当に棄てることはなかった

そして
笑いたいときにわらい
泣きたいときに涙して
存在している
一瞬一瞬の形が
うらのない自由詩だと
感じた

わたしは
それをめざして
詩を書いているかもしれない

わたしのたからもの
「母」が
日に日に
むすめがえりして
あかんぼうになり
よだれをたらして
やがて消えていっても
それは
わたしにもたらされる
最良の
一篇の自由詩であるとおもう

今日の詩篇　63

2010年05月06日
00：40

こころのとびら

路上でノビをする
世の中の猫は天使
窓の外で風が動く
街の中にはヒカリの森がある

*

すれちがいざまの
あなたの目には
藤いろの旗がかかっていて
ものがたりの
新しいすじみちの
幕があがる——

*

はなびらはどこへいったの？

*

歳をへてから
少しのあいだ
思春期の部屋がほしい
青春期の部屋がほしい

*

誰かわたしを
はじめての街とおもって
なにひとつしらず
こつこつと
とびらを叩いてくれないか

今日の詩篇　64

2010年05月07日
00：07

ハンナ

米国基地のかたわらにあり
そのちいさな舞台で
ハンナは　お花をさらす
謳い　舞いながら

ハンナの　お花は
みんなの　おはな
かぐわしい幸せの
みんなの　おはな

でもときどき
日本からも米国からも
食肉業者がやってきて
ハンナを　欲する

ハンナの　茎には
あおい筋が通っている
それは　支流で
やがて　大海に
合わさるものなのと
ハンナは　いう

日本の欲しいハンナの肉と
米国の欲しいハンナの肉は
肉質がことなるので

ハンナの　お花は
ぽろぽろ　なくよ

うしじゃないんだ
わたしのからだは

ハンナの　お花は
みんなの　おはな
かぐわしい幸せの
みんなの……

2010年05月08日
01：23

あなた、逃げてはいませんか

そのように問われたら
わたしはどのようにこたえるだろう

怖いので、逃げています
怖いけど、逃げてません
……………………………
ほかにも回答はあるだろう

逃げ道を探すほど
多弁になるだろう
相手の反応に敏感になるだろう

…………ということに気づく

あなたはどうしたいのか
そのように問われたら
わたしは「詩人」でありたいと
頭からつま先まで
何処を切っても詩人でありたいと
こたえるだろう

だから一切弁明をしない
自分が発生させた「ことば」について
保釈も要求しません
わたしは「詩人」だから

詩人は職業ではないと言う
詩人は、産まれもった属性
職業欄に記すのは

ううん　おそらく「無職のしごと」
とか書くのでしょう　とは言え
なにをしているのですかと
問われたら「詩を、」と言うのだ

詩人を罰したり赦したり
そんな法律　今の日本にない
詩人は被告以前の者

そうでありたい　そうでありたい
詩人でありたいと願うのだ

テレビを鑑賞するときも
映画を鑑賞するときも
好きならみる　嫌いなら切る
これは「エゴ」なのですか
その仕事に携わっているひと達が
手を抜いているとは
おもわないようにしている
番組の改変期
ということで　やるしかないんだ

わたしは想像力を生きます
目の前にある
予定調和を　赦すためには
壊れることなど無いようにします

今日の詩篇　66

2010年05月09日
00：26

ゆめのビーチボーイズ

仔猫がじゃれつくように
仔猫がじゃれつくように
紺碧のシーツへとダイヴ
紺碧のしぶきをちらして
あはは……と友人が笑う
しばらくの間　クロール
岸にあがれば　灼けた砂

選挙戦の報道がきこえる
それがビーチの指導員の
若々しい声に移りかわる
江ノ島の西海岸
アメリカ西海岸
陸続きではなくて海続き

誰が選ばれてもしらない
あはは……と友人が笑う
アメリカまで泳ごうよと
友人が波をかぶって笑う
よく陽を浴びた友人の顔

わたしは彼と会って数分
彼はわたしと会って数分
でもわたしと彼は思った
永い友人になれそうだと
出会いはそんなものでは
ないかと　了解しあった

誰が選ばれてもしらない
わたしは　誰も選ばない
友人も誰も選びはしない
会ったことのないひとを
選んだりしない　だって
そういう教育うけたもの

江ノ島の西海岸
アメリカ西海岸
陸続きではなくて海続き
おいマイアミへいこうと
友人は提案した
わたしはそうだと頷いた
そうして
ふたりの男子は
大小の波をくぐりながら
沖へと旅立った

わたしたちは選びあわず
男子達はベッドに還らず
皺だらけの紺碧のシーツ
を置手紙としてのこした

セックス譚

2010年05月12日
03：36

あなたにだけ指名をいれたいな
正確には
あなたの眼差しと
きずつきやすさと
やわらかい知性と
殆どの人格を引き受ける陰唇に
わたしは指名を
挿れたのです
個室には
春雨が煙っています

挿入をして
挿入をされ
到達したとかしないとか
そういうセックスは終焉なのだ
痙攣しないおんなは
可哀想だ
中折れするおとこは
可哀想だ
詩を書く指先で性感帯を捜せ
縫い目を辿るように
陰唇を舌で進む

あなたは専門家の
仕事を果たせていないと嘆く
嘆くことなかれ
わたしは
あなたの眼差しと
きずつきやすさと
やわらかい知性と
殆どの人格を引き受ける陰唇に
指名を挿れたんだ

個人と個人の接続なのだから
個室で
為される行為は
純粋に個的な姿形でいいはずだ
こういうときに
ルールは破れ
ほら、みえるかい
ほら、みえるかい
プラチナの流星群が
宇宙を跨いでいる
ああ、輝いてるね
ああ、輝いてるね
わたしはわたしのままでいいの？

2010年05月12日
11：21

テンカン

全身痙攣　意識喪失　が起こったので
脳神経外科の救急外来へ　搬送された
シャクナゲの白花が咲いていたことを
想っていた　あの花に触れればたぶん
生きながらえる　そうして　わたしは
白花にふれて　呼吸をしながら還って
きた　テンカンだと言う　テンカンか
癲癇とも書くが転換とも書くのである
わたしはかおりたつ解釈の方を選んだ

今日の詩篇　69

2010年05月13日
01：21

お遍路

さあ　ここからは
霊場めぐりだ
濃霧をみつけたなら
希望とおもえ

幻覚は
現実であり
幻聴は
現実である

あれに
触れよう！

霊場が伝わってくる

歩き廻れ

あれに
触れよう！

都心のむこうに
広がる世界
路地裏に
吹き溜る
貧相な声楽

とうさん
しっかり応援してくれ

息子は
まだ生きねば
ならず

さあ　ここからは
霊場めぐりだ
亡父をみつけたなら
藁屑とおもえ

今日の詩篇　70

2010年05月13日
01：24

聖者

上野の屋台界隈で聖者と呼ばれる
その初老のおとこが
自らを鉄管にして清酒を飲み尽し
労働者から
喝采を浴びるのを見て
わたしは憧れはしなかったのだが
その初老のおとこが
電柱に激しく小便を浴びせたとき
彼のペニスが
どす黒かったことに
驚いた　小便の色もどす黒かった

今日の詩篇　71

2010年05月13日
01：26

思う存分

思う存分
表沙汰にしていこう
わたしの
視界

細長い雨が上がり
薄日訪れ
新緑が浮き上がる

ああ
この狭い庭の
ばらには
花はひとつもない

蔦のむこうの
アーチには
教会がひとつある

教会の屋根の上から
からすが数羽
飛び立って

それを合図とするように
電車が過ぎる

電車の中には
ひとがいて
海のほうへむかう

海は凪いでいる
だろう
海は鮮明な藍だろう

鮮明な愛だろう
今日という
いちにちの視界は

海は凪いでいる
だろう
海は鮮明な光だろう

今日の詩篇　72

2010年05月13日
02：59

私人

詩人として生きることがどんなに滑稽な
ことか　読者にはわからない
みんな　私人なのであり　詩人ではある

私人は　わたし　たんなるわたしのこと

敢えて書く　わたしは詩の愛人でありたい
妻よりも強く愛されるような
からだひとつこころひとつで
言葉を探し祈りのもと捧げたいとおもう

貴方の庭のあの　桜の樹の蔭から
静かに猫のようにひとみを実らせている
いつも少しずれた角度から詩の言葉を射精されては
拭うこともないし飲みくだす夜もある
何処の肌に射精されても厭わない

それが　きらきらかがやく詩の言葉なら
わたしは記録をする　だが残念なことには
わたしは　詩を妊娠することができない
わたしは　詩を妊娠することができずに
くやしいのだ　だから　この手が

指先が　プリントされた紙が代理母であ
る　詩の刻まれた紙をたばねて綴じると
にぎやかな子どもたちの声が響いている
旅立っていくまでは此処がきみたちの家

いいか　きみたちは私生児であることを
けっして気になど懸けないと誓いなさい
きみたちは　私人によって記録をされた
つたわるための　白い渡り鳥なのだから

2010年05月13日
14：47

劇的

劇的に
快復したと信じ
劇的に
躓きを体験して
その
全体が
劇的——
朝焼けと
日没とが
深々と
抱き合うようだ

その
あわいに
オレンジマーマレードの苦味があった
その
苦味を
パンに塗って
食べて
旨かった

オレンジの
皮が
劇的に
煮詰められて
壜に
入っていて
苦くて
旨かった

劇的に
快復したと信じ
劇的に
躓きを体験して
その
全体が
劇的——
朝焼けと
日没とが
深々と
抱き合うようだ

そんな
劇的な
浪漫的表現は
超えろ
ああ　即時にだ

今日の詩篇　74

2010年05月14日
00：59

朝までまてない

ねむりぐすりを処方されているので
いちにちじゅう　ねむくてねむくて
けれども　朝までまてない
詩をかきたいから　朝までまてない

ねむりぐすりを処方されているので
すこしねむってまたすこしねむって
そのあいだにつかまえた羽根のある
砂袋のようなことばを

詩にかきたいから　朝までまてない

ねむりぐすりを処方されているので
ねがえりをうつこともままならずに
でもうたたねしているそのあいだに
ことばがきえたら哀しい

詩を書きたいから　朝までまてない
詩を書きたいから　昼までまてない
詩を書きたいから　夜までまてない
詩を書きたいから　朝までまてない

詩を書かなければ　あなたはきえる
詩を書かなければ　あなたはきえる
わたしではなくて　あなたがきえる
わたしではなくて　あなたがきえる

詩を書きたいから　朝までまてない

2010年05月14日
02：01

よろこんでみようよ

よろこんでみようよ
何の変哲もない
いちにちのさなかを

よろこんでみようよ
何の変哲もない
或るときのかなしみ

生きられていること

野うさぎは駆ける
つちいろの毛並みを
わたいろにかえて

生かされていること

食べられるものを食べて
死んではだめなこと

寒すぎるとおもっても
林檎の蜜を吸うのだ

太陽　風　雨の循環
薄紫のはるの花々が
しずしずと着氷する

野うさぎは駆けていく
まっすぐな直感で
あきらめないことは
生きる薫りへの
直感なのでしょう

きみへ「ありがとな」
季節の美の表す姿へ

ひらひらひらひら、

あたらしい時が訪れる
噂を聞きましたか
わたしは少し前に
聞いたところです
なんだか昂揚をした

2010年05月14日
02：09

蝶番 No.2006

固形のものより流動のものを求めて食事をするようになり
スープにうかぶ柔かい豆とかじゃが芋も
ごろごろとした　岩石が転がっているような感じだった
できることならば少しだけの蜜を吸って
今後　生活していかれないものだろうか……
お花の蜜の御飯　そんなことを夢見ていたら　痩せてきた

どんどん　わたしは　痩せていってしまったのだ
いったい　からだはどこから失われていくのだろうか
量が失われると　質もまた移ろっていくものだろうか

無数の人びとが訪れる　巨きなお風呂の脱衣場には
都心の高層ビル街のガラスの窓のような
ひろい鏡台が設置されている　そこにはわたしのからだが
映っている　内面に「革命のエチュード」を
ゆったり　響かせてみたりもしながら
オルゴールの人形のように　つっつっと回転してみる

からだを動かしているとき　いろいろなところに
ちいさなカルデラの形の　へこみが現れている　臓器の
痩せが　骨格の痩せが　肌を中へ引っ張りこんでいる
のだろうか――　背中には掻き傷がいくつかあった
栄養が足りていないので深夜　湿疹を掻き毟っているのだ

(痩せが遂に一線を越えてしまったら　食欲を創りだす薬
もありますがと　穏やかな夏の日に聞いた
わたしは　その提案にいやいやをした　いやだよ！)

ひろい鏡台のかがみへ完全なXの姿になろうと　からだを
思い切り開いてみる　するとかがみを介して　痩せた
まだらの蝶々のすがたができあがる　左右対称になろうと
均衡へ憧れる燐粉のはね　中心にあるのは　棒状の胴
腰椎の付け根に　はねをいただいて蜜柑のジュースを飲む

2010年05月14日
03：16

野垂死に

外界には強い風が吹いている
いつか　未来に
　　いつか　未来に
野垂死に　ということもありうるぞ

野垂死に　――野に肉体を
　　　　　　　　垂れて死す

ビルとビルの間の長い丘陵を登りつめて
街の灯りが蛍の群舞にみえる場で

正座をし　目を瞑り
耳澄まし　風を聴き

それから　かんぴょうのように
細く長く肉体が削られていくのを
荒行のように感じながら

眼下の街に　飛散していって
最期の時を静かに迎えるのも
そう悪くはないとおもうのだった

今日の詩篇　78

2010年05月14日
10：19

新道（しんみち）

毎秒が新年である
新風の
むこうに
信女が
いるから
わたし歩けるよ

たとえ
審判が下ろうとも
わたし
あなたの
魂は
侵犯してはいない

新道をいくのです
新田の
神秘の
新都まで
わたし
みずのように
浸入をするのです

毎秒が新年である
新道の
むこうに
神灯が
あるから
わたし歩けるよ
わたし歩けるよ

2010年05月15日
00：26

五月の総べて

わたしにとっての
五月の総べては
若葉にまねかれることであり
まにあうならば
結婚をしたいと
ふと願うことであった

まにあうならば
数年のうちに
子ども育ててみたい
だきうけてみたい
出遭っていない
奥さんと新しい命を

わたしはひとのいない
プールにうかんで
自分の手足の掻いた水が
自分の顔を濡らすのを
ここちよくおもった
水しぶきがわたしの
澱みを拭いとったのだ

プールサイドに
よこたわって
黄色いタオルをかぶって
しばらくうたたね
夢はみなかった
夢は生活のがわにある
まにあうならば
結婚をしたい
奥さんと新しい命を
だきうけてみたい

今日の詩篇　80

2010年05月15日
00：29

御他聞

御他聞に漏れずわたしは季節はずれの炬燵
寒がりなんだね　炬燵のなかに焚火を捜す
御他聞に漏れずわたしは千代紙の千羽の鶴
色彩に飢えては　病棟への鶴がうつくしい
御他聞に漏れず　わたしは朝から詩を書く
つかのまの飛翔　そんなとき詩行は細長い

2010年05月15日
00：38

倶楽部とほうき

真っ白な雲の倶楽部で水割りを飲む
翼がないなら
翔くと面白い

あなたを待つ白い雲

茹でた落花生をほおばって
翼がないなら
翔くと面白い

あなたを待つ白い雲

ここで飲んでる
真っ白な倶楽部で乾杯をしよう

真っ白な未来！

あなたの現在を
みつめています

21世紀のフローリングに「ほうき」
が　立ててあって
清掃のための道具というよりも
むしろ　インテリア

「ほうき」というよりも
「HOUKI」である

そんな空間のなかで暮らしている
21世紀にも
「埃」は在るということ

21世紀の
スーパーの配達員が
米袋や野菜をとどけてくれて

慌ただしさのなかで
「埃」は積もる

もちろん電気掃除機も
週に一回　高速で活躍する

しかし　綿ぼこりを
手早く纏めるには
21世紀のなかでも「ほうき」だね

今日の詩篇　82

2010年05月15日
01：03

ドルフィン

幼稚園での遠足以来　長い間　行っていない
新装された江ノ島水族館に向かってみたくなった
実際　今日にだってそこへは行ける
館内にはアクア・ブルーそのもののような
隙間ないガラスが施されているのだろうな

幼稚園の遠足のときに撮ったモノクロの
写真には　黒縁のめがねをかけたおかあさんや
担任の先生が笑いながら収まっていました
わたしはそのときのことを何も憶えては
いない　あの頃　遠足を楽しんだのは
おかあさんたちと　引率の先生だったのかな

子どもたちは　体験の核を細胞に累積しながら
意味は気にせず　貝殻の中の真珠のように
いつしか　成長していったのでしょうか
ばたばたばたばた　騒いで　駆けずりまわって
要らない記憶を　脱水機のようにふるい落とし
或る日　第二次性徴に驚愕し意味に震える

思春期の時代以来　水族館のことなど殆ど
考えなかったわたしが見たいものって何か
高く高くジャンプする　イルカたちや歓声
誰かが無愛想にくゆらす煙草の灰の墜落
そんなものの対比に　多分こころをうばわれて
結局　何にも見たくはないと気づくのだろう

いや　見つめなければならない筈のものなどが
強度のあるガラスや清潔な水やイルカたちの
ショーでないことは　誕生した瞬間から
細胞は知っていたのだ　沈黙を続けてくれていた
のだ　なぜなら　そんなことを明るみに現せば
人々は　もう行き場の無い廃人ですから

2010年05月16日
01：00

半濁音

パパパパパパ
割り切れない
斑点の哀しみ

おもいだされ
づらい諧調ね
煩悶する恋人
反発する半裸

パパパパパパ
反訴されない
範疇の苦しみ

おもいだされ
づらい諧調ね
半道の万緑よ
恋人をつつめ

その夜わたしはゆるやかな
出汁まき玉子を食べました
独りきりの夜　玉子焼き用
の鍋はパパパパパと啼いた

今日の詩篇　84

2010年05月16日
01：02

石窯工房ピッツァ

ちいさな聖堂のような石窯で
前例の無い全霊
そうして　洗礼

石窯工房でピッツァを焼く
過去を焼くように
千篇の具があぶらをしみださせる

聖典にならぬうちに
切り分けよう
分けて食べよう

多くの仲間たちよ

自律したテーブルでの
食事のあとは
蒼いじょうろで
庭の花々に水遣りをします

庭の花々は万華鏡だ――

2010年05月16日
01：04

アルコール

酒類はアルコールと呼ばれる都度に
シチズン・シップの
外がわへ　出されていくようだった

シチズン　もとより
市民　国民
葡萄酒数本　公民
等の理解を持ちあわせていないが
そこはかとなく意識は持っている

何か清潔そうな巨きな円環の中で
行使されている
美しく務めようの力
真人間そうな　振る舞いがあって
(美しさは誰のもの)
きっとそこから
断酒剤が処方され優良復帰を促す

ラッコは
どうしてか極寒の海に棲んでおり
黒い海にさらわれまいと
昆布にしがみついている
お腹を夜空に向けて
考えている

人間に例えると
一日に十五キロの米の飯を食べる
そうだ　エネルギーの多くは
ほとんど体温の維持につかわれる
そうである

考えていた
凍死しない為に生まれてきたことを

2010年05月16日
01：06

劣情

劣情ってなんですか　劣情って……
こころの奥底に　そんな
言葉を落としてみたらね
ミルクの王冠のように　淵から
なにかしら　きもちが
跳ねあがり　暗鬼的な
東京JOE　が　生まれていた

東京JOE　は
ぼくのお兄さんみたいな気がしたの
腕の和彫は　油粘土の臭い
個室で　全裸になったときには
小柄でも生殖器は巨きかった
そうしてまた　洋服を身にまとった
──劣情の対義語は何です
──理屈じゃないんだ、君
バイクに乗れ　市街へ走るのだ

晴海通りへ抜けて　銀座から
歌舞伎座跡へと……
東京湾に浮かぶビニールの
気配がただよう
歌舞伎座の桟敷は　お安い値段で
演目から　とおく離れた
油粘土の臭いのパーティー会場
だったっていうよ

歌舞伎座跡へと潜入せよ

──分厚い唇でくちを吸いあいだせ
それが　始まりの合図だった
──ヨウ　東京JOE！
──弟を連れてきた　今日は
全員の弟に仕立て上げてやってくれ
──わたしを　弟にシテクダサイ
──してあげるよ　弱音も吐くんだ

2010年05月17日
00：39

あかい宝石

薬局で薬剤師に
青年がつめよっていた
「あかい宝石ください」
「あかい宝石？　錠剤ですか
それは今日だけでなく
一度も処方された
ことはありませんよ……」
「あかい宝石ください」
青年は　薬剤師に
てのひらを強くのばした

青年と薬剤師の間に
てのひらにのせられた
あかい宝石の幻影がうかぶ
そのあかい物は
薬剤師には迷惑な物体で
青年にとっては
かれを救済するものだ

待合室に居た
わたしには　その日
トフラニールという
あかい錠剤が処方された
トフラニールという
あかい錠剤は
精神を安定させるもの
しかし　こころの安定と
引き換えに　猛烈な
眠気に一日中襲われる
ここまで眠ければ
安定もすることだろう
とおもわせるあかい玉
交換条件を抜きにしては
治療は成立しないのか

独りの青年がゆめにみた
あかい宝石は
ゆめの産物であり
憧れの安定であり
しかし　あらぶる彼には
それは渡されなかった
ゆめやあこがれに
治療は行われないのだ

今日の詩篇　88

2010年05月17日
00：43

わたしは「はい」と言った

観葉植物のある応接室で
わたしは
だまっていた

観葉植物のある応接室で
わたしは
しばらく
だまっていた

わからなかったのだ

《どのように
生きられたら
しあわせか》

それから
わたしは
「考えたい」と言った
会社の経営者側に

しがみつくことが最善かと
産業医は伝えてくれていた

数日後
観葉植物のある応接室で
わたしは
「はい」と言った

わたしは
「はい」と言った
ほんものの「はい」を

「会社より
社会は　広いですよ」
友人はそう言った

わたしはうれしかった

その通りだ

わたしは
「はい」と言った

会社より
社会は　ひろいのだ

その通りだよ

肩の荷はその後降りたよ
「ありがとう」

会社を辞めても生きているし
むしろ潑剌としていく
わたしがいたのだ

2010年05月17日
00：45

はちみつの碑

或る地方から出張販売にきていた店のはちみつ
わたしは一瓶買って
パンにぬったりヨーグルトにかけたり
朝のひかりにきんいろにすきとおるはちみつを
うれしく食べていた

種抜きプルーンがあれば尚のことうつくしい

はちみつは食べるごとに上限の縁をさげていき
やがてすべてなくなり或る日からの瓶が残った
わたしは　食卓のうえにとうめいな瓶を置いて
瓶のまわりに　色とりどりのはなびらを飾った
これはわたしを幸せにしたはちみつの墓である

花々からやってきたはちみつ
　　　　　　花々にかこまれて　いまここにねむる

今日の詩篇　90

2010年05月17日
00：49

二度目のこころ

二度目のこころは晴れていて
(ああ、都営バスの
いちばんまえの座席からみる路線
明治通りと永代通りは
おおきく　まじわり)
どこまでも　いけそうです

立ち食い蕎麦は24時間営業

二度目のこころが
わたしに美しい想像を呼び起こす
わたしは美しい想像に胸がはずみ
ちいさな川がおおきな川にみえる

深川不動尊の参道は寂しいが

どの路線の向こう側にも
きびしい地点が立っていることも
想像にかたくはないのだが
いまたしかに言えるのは
二度目のこころは晴れている

2010年05月17日
07：43

銀色の潮路

あなたとわたしの銀色のヨットは
迷走もするが
宇宙的視点からすれば
まっすぐなのかもしれない
潮騒は銀色だ

紫外線を浴びて
白い肌はじりじり灼けて
他界したひとびとのことなどを
心静かに弔う
あなたがたも
潮路を進みたかった
だろうに——

猛々しく手繰り寄せるロープ

汎愛の帆を揭げて
ぽろぽろと塩味の泪を零して
あなたとわたしはいく
晩餐は吊り上げた巨きな魚
半死半生の生物を焼き
あなたとわたしは　流通していく

2010年05月17日
10：42

あたらしく

わたしは　午前か午後かもわからない
零時きっかりでとまった　腕時計をはずした
樹脂のテーブルの果物のわきに転がした
陽が昏れかかってから　食事へでかけた
イルミネーションのなかに
いくつでも時計は　光って　その
それぞれは　微妙に別々のときを示して
いたのだ　さほど必要なものではないのだろう
暮らしていくための　時刻など

いまが旬だとしきりに言われたので
或る鮮魚の活き〆のにぎりを二貫たのんで
五月の冷酒を一合　静かにそそいで
或る鮮魚の腹の身の部分はさざめいているだけ
うまいでしょうと言われたので
うまいですねとようやく喋ってみた
気がつけば　もうとっくに寿司屋からとおく
離れた場所に座っていた　街燈の下の
古いベンチ　砂がざらざらしている

そして街燈に照らされて　とても若い
恋人どうしが　草原のまんなかへ手を繋いで
歩いてきた　ダンスを踊るように
くるくるまわりながら　見詰め合っている
わたしは　ざらざらした砂の上で思った
美しい少女は　美しい少年には　およばない
なのに美しい少年はやがて地表を這うひとになる
美しい少女は　やがて　あたらしいものに
かわって　別の空へはばたいていく

ちいさな公園の石だたみに——
さなぎのぬけがらの影が透き通って映っている

2010年05月18日
00：12

嫡子

わたしはあなたの嫡子です
あなたに最も近い子なので
あなたの乳首はわたしの物
雨天の前触れであるという
太陽に架かるかさのような
あなたの乳輪もわたしの物
吸って吸って吸って吸うよ
ひんまがるほどに吸うから
ね

今日の詩篇　94

2010年05月18日
00：16

雨が降っている

外では　雨が降っているんだろう
水が道を打つ音がする
水が道を這う音がする

水は道を絶え間なく延びて排水溝から
地下に潜るのだろう

地下には水の市ができるのだろうか
鍾乳洞のように——

わたしはそこで水のパンを買う
わたしはそこで水の野菜を買う

それから水の台車に載せて
わたしの部屋まで　運びます

そんな　朝食の時間が楽しみで
わたしは外の水の音に
このように　耳を澄ましています

だから雨——
朝が来るまで　やまないで
手を差しのべるようにやまないで

朝食が終わったら
探し始めなくては　今日の仕事を

みず色のシャツを着て出かけます

今日の詩篇　95

2010年05月18日
00：20

詩想のチャンプル

紫色の華のたばの匂いが強すぎて
玄関の靴箱の上に追いやっている

＊

光の棚田に段々と連なる光の水面
小さな耕運機が静かに休んでいる

＊

「おやすみなさい」

＊

北極星の向こうそこには何がある
身の凍るような美しい何があるか

＊

「おはようございます」

＊

旅立つ水鳥たち収穫されゆく野菜
いずれくるだろう広い紅葉の錦絵

＊

きみは生きるのだどんな境涯でも

今日の詩篇　96

2010年05月18日
00：24

ふるい箪笥のうえ

ふるい箪笥のうえに光が斜めに射しています
ふるい箪笥は中古品屋で求めた物で　人から
人へと渡されてきた品なのです　いまは此処に
あって　わたしの実家の居間の一部分なのです
ふるい箪笥のうえには振子時計　芋焼酎の甕
孫の写真の入ったフレーム　アボガドが一個
木箱入り万年筆　万年筆は家計簿に使われます

左右の耳が……

今日の詩篇　97

2010年05月18日
00：45

湿疹がひどくなり
左右の耳の裏の
根元から　筋状に
亀裂が入ってきた

皮膚科で
治療のクリームを
処方されたが
治っては
再発して
治っては
再発して
頭と耳のあいだの
亀裂は深まって
溝からばらいろの
液がにじみ

すすー……

うつむいたときに
小川のように
紙のうえに
落ちたのだった

紙の上の花園

左右の耳が……
頭から剝れそうだ

わたしの頭は
わたしの耳と
仲が悪いの？

でも聞こえる
よく聞こえるんだ

雀が鳴いているよ

鳩が鳴いているよ

聞こえるんだ

今日の詩篇　98

2010年05月18日
01：13

タトゥー等

──御腰にタオルを巻いてね
それからお互いの体にジェル
ぬるぬるとすこし戯れあって
拭くほどのなみだなんてない
タオルを外せば背中にひとつ
幾何学文様のくろいタトゥー
それから御臍にピアスひかる
──わたしね活字中毒なのよ
それならば舌先だけで夥しい
活字をあげるきみが喘ぐほど
あげる気を失っても知らない
よ　わたしの舌先からは文字
がでる幾何学文様の文字だよ

冬の記憶達

2010年05月18日
01：18

公園に立つ鈴掛の木の名前は　銀の砂のプラタナス
えだのところどころに
鳩がとまっているのかと思っていたら
えだのところどころに
鳩のような枯れ葉がぶらさがっていた
銀の砂のプラタナスも
ひりひり音をひびかせそうな手袋を
えだのところどころに　かろうじて付けていると

晴れた朝は突然におしえてくれる
晴れた朝には真上を見あげるから

市立図書館の誰もいないガラスの下をとおるとき
まるい　湖水のアーチを
しずかに潜りぬけているような気がする
ほんの　さっきまで
枕に頭を沈めていたのに
アーチをぬけると　向こうには世界があるという
去年まではきらいだった手袋を
わたしも仕事のかえりみちに買おうと思う

厚くなった皮膚は定期券をぽとりと落とすだろう
わたしは手袋をぬぎ薄い定期券を拾うだろう
そして　また手袋をはめて改札を行くだろう
明日は手袋を捨て　古い定期券を失うだろう

やがて　構内から　行方知れずとなるだろう
それは知らない駅舎がしきりにわたしを呼ぶからだ
孤心を映す鏡として　鉄橋の下の河原の奔流を
信じて求めたいからである　色々に
ふれ親しんだ　物や風景から遙かに離れて
万華鏡のような空間で水をのむのだ
宙に架かる大渓谷　滝壺のプラネタリウムに行く

今日の詩篇　100

2010年05月18日
01：21

ふたたび……

市街をみわたせる
丘陵の
ベンチに載り

印刷された
ふるい
石のように

舗道は伸びる

両腕を水平にひろげる

東海道線が
みえる

真鶴へとはしっていく

そのむこうに
微かに
光る丘陵
の　ライン

鎌倉の光り

両腕を水平にひろげる

心身がきしむ

ふたたび……
ふたたびの
はばたきのれんしゅう

ふたたびの
はばたきのれんしゅう

心身がきしむ
外界との対峙
恐怖との決別

そのために
ふたたび……
ふたたびの
はばたきのれんしゅう

い・く・よ
逝くよではない
行くよなのです——

明日への抒情Ⅱ

1-8

明日への抒情II　1

2011年01月22日
00：28

或る夫婦

或る夫婦——というのはわたしの父母のこと
或る夫婦とわたしには親子の関係があったが
或る夫婦には婚姻と言う男女の契約があった

親子関係にあるわたしから見た或る夫婦には
鬱陶しがっているのか惹かれあっているのか
わからないところが多かった　父が他界して
十五年経った今もその疑問は変わっていない

むしろその疑問は強まっていると言っていい

或る夫婦はそれぞれにまた二人で子を愛でた
子であるわたしから見て　或る夫婦は口論を
繰り返したが子であるわたしはそれが父母と
いうものの普段の姿だと信じていたのだった

病室の父を訪ねたとき彼は「家族って良いな
あ……」と言った　彼は水分を摂ることを極
度に制限されていたので入院中病状が日増し
に悪化していくうちわたしと二人きりになる
と「義行、水をくれ、頼むよ……」と言った

それは彼の死を早めることであると医師から
聞いていたのでわたしは最初のうち水をあげ
ようとはしなかった　そのうち彼はわたしを
罵るようになった「義行、おまえはそういう
やつだったのか、ちくしょう、水をくれっ」

母は母で頻繁に着替えを取りに行ったり検査
や手術に立会い完全看護であるにも関わらず

ソファで寝起きしていた　彼女は彼の末期が
間近なことをはっきり察知していたのだろう

母はソファで寝起きするうち「足がむくんで
きてわたしもう限界……」と言ったそれでも
付き添い病院には内緒でかき氷を食べさせて
やったのだそうだ夢のような水分だったろう

死に際彼は彼女にしがみついて「いままで、
どうもありがとう」と言った　彼女は泣いた
さらに死に際彼はわたしに言ったのだ「義行、
結婚なんてするもんじゃないぞ　子どもなど
つくるもんじゃないぞ一生働きづくめだぞ」

彼の「家族って良いなあ……」と「結婚なん
てするもんじゃないぞ」という相反する言葉
がわたしのなかでは結びつかなかった　いま
だに結びつかないまま現在に至っているのだ

十五年が経ち母は父が亡くなった齢を越えた
仏壇にお供えもするし線香も欠かさずに焚く
墓参もするしお彼岸にはならわしをおこなう

しかし彼女はわたしに言うのだ「あのひとは
真面目なところ意外にはなにも良いところが
なかったよ」「薄給で病気の巣窟でわたしが
働きに出なければ、今井家はなかったよ……」

つまり彼女は子どもがいなければ早々の離婚
も考えたし子どもを抱えての重い生活のなか

では団地から投身などをしたかったのだろう

彼女は 18 歳で結核を発病し 4 年間の入院を
強いられ良薬のおかげで死をまぬかれたのだ
退院をして最初に見た空はどのような広がり
だっただろうか　希望は持っていたとおもう

わたしは向こうから切り出してこないかぎり
両親の過去のいきさつは訊かない　おそらく
病棟での出遭いがきっかけだったのではない
か……　近い立場の者どうしえにしを感じて
結婚をし　母が子どもを欲したのではないか

両親は再生のあかしとしての暮らしを持った
母はいまだに「あのひとは、まったく馬鹿だ
った」「なんでもひとに頼り切りだった」と
ぼやく父の言い分もたくさんあるだろうから
わたしはそういうときには黙って聞いている

いまの街に住んで半世紀経ち母は寡婦として
元気に生きている　過去に「60 歳くらいまで
しか生きられないだろう」と告げられた彼女
わたしは単身者としてときどき実家へと帰る

墨のカプセル

2011年01月27日
05：06

濃い或る種の墨のはいったカプセルをひとつ
飲んだなら　どうなる

カプセルは体内で溶けて濃い或る種の墨はあらゆる
方位に拡がっていく

あなたに拡がる濃い或る種の墨は
睫毛のうえの皮膚に黒点として浮かびあがる

最初は　おしゃれだった

わたしに拡がる濃い或る種の墨は
上唇のうえの粘膜に黒点として浮かびあがる

最初は　おしゃれだった

お互いそこで停めるべきだった
けれど　できなかったのだ……

あなたに拡がる濃い或る種の墨は
皮膚のあちらこちらに点在しやがて粘膜におりる

わたしに拡がる濃い或る種の墨は
粘膜のあちらこちらに点在しやがて皮膚にのぼる

………………………………………

それが　広義の「入墨」というものだった

2011年02月28日
10：22

ふらんすぺいん

その後　調子は如何でいらっしゃいますか
時節柄　くれぐれもご自愛ください

何かございましたら　ご連絡をお願い致し
ます

──ありがとうございます
何かは……ありました

からだの繊維は包帯がほどかれていくように
やわらかく　しろい線になる

「去るときは向こうから訪れる」は、残った

空みたいな
高さの
バスターミナルのサンルーフを
あおぐと
冬のなごりの

あれは燃えつきぬ太陽　朝日よわたしは、哀願しない
詩は、蹉跌だらけの海ではない

ささやかではあるけれど生まれて数度目の世界です

駅前の神戸屋キッチンで
フランスパンを買おうとおもいたって
喉がひどく渇いていたので

最初に水を一杯もらってから
わたしは少女に言ったのだった
——ふらんすぺいん、ください

最近あまりしゃべらないので
滑舌の悪いわたしは
フランスパンを“ふらんすぺいん”と言った

少女は真顔で
フランスパンを一本つつんでくれた
おかねをはらって　わたしは
フランス・痛み
ふらんすのいたみ
というパンを抱いて帰ることとなった

わたしにひどい痛みがつたわってこなかったのは
神戸屋キッチンの少女が差し出した
最初の水がよかったから——

明日への抒情II　4

2011年03月21日
09：48

都営のバスと、シスコムーン

都営のバス内で笑っているひとがいた
たったひとりで笑っているひとがいた
“げらげら〜っ”“げらげら〜っ”て
《あのひと　オカシイよ》
彼の周りから離れる人びとの空気から
《あのひと　オカシイよ》
後ろ窓の街並みを背に笑うカレの姿が
そのように裁かれていくのが窺われた

わたしは待合室で　そのようなひとと
隣合せになることが幾度となくあった
わたし自身　まだ高校生だったころに
“独りで何をブツブツいってるの”と
指摘されたりした　わたしは——……
《なにが、そんなにオカシイ？》
のかと　家の鏡の前で自分の唇を覗き
込んだりしていた

待合室には《シスコムーン》という
タイトルの油彩画が掛けられてあった
シスコは荘厳な序のようで　油絵具が
厚く盛られた巨きな月の頼もしい光は
なまえを呼ばれるのを待つひとびとを
支えているように感じられた　みんな
月の光のシャワーを浴びてから診察室
へと吸い込まれていくのだった

精神系のサイトで調べていったところ
目のまえに誰もいないのに　喋ったり
笑ったりしているひとのまえには他の
ひとには見えない喋ったり笑ったりの
対象があって話しかけられているから
応えている　面白いものにふれたから
笑っている、ということだそうだ……

ということだそうだ……　などと伝聞
の言葉遣いをしてしまったが　実はわ
たしは数ヶ月前まで幻覚と幻聴に毎夜
悩まされ　幻覚と幻聴に向かって話し
かけていたのだ　幻覚とは夥しい金粉
のなかを舞うカラスや漆黒蝶また体重
を載せてくる人型などだった　幻聴は
衣擦れの音がすべて外国語放送だった

シスコムーンは何処から誕生した名か
《シスコ》って　美しいな——……
わたしは昼に海苔弁とゼリーを食べた
小さな唐揚げやコロッケは美味だった
ケチャップの色が　もの凄く赤かった
何処からのぼりくる《シスコムーン》
何処へとしずみゆく《シスコムーン》

都営のバス内で笑っているひとがいた。
たったひとりで笑っているひとがいた。
都営バスに揺られた日には動揺をした。

2011年04月02日
09：30

メリーゴーラウンド

暮らしというものを糸でかがり続けよう
離れ離れにほつれぬために

横浜・八景島シーパラダイスで
もう10年くらい前にみた光景――……

そこは　天井が水底で
色彩艶やかな魚達が舞い踊っていた

会社の懇親行事だったその日は
会社が社員の家族も招くという
もの　社員を支える家族の力を
労うというもので　わたしは……

いまにしておもえば
まだ60歳を少し過ぎたほどの
母と参加をした　母はシーパラダイス
のまばゆさに感激し

――ねえ、きみ……！
――ねえ、きみ……！
と硝子にぴったり付くようにして
ペンギンの振舞に喋りかけていた

横浜・八景島シーパラダイスは
その名から水族館のみと想われがちだが
敷地内の　隅のほうには
ひとけのまばらな遊園地がある

帰りは自由解散だったので
母とわたしは遊園地のほうへも
行ってみた　すると
メリーゴーラウンドがあった

わたしは　あとにもさきにも
ひとの乗っていない
メリーゴーラウンドをみたことが無い

廻っていない馬の群れは
静けさのなかで夕暮れに
俯いているみたいだった

メリーゴーラウンドには誰も乗っては
いなかったけれど
柵の前に先輩社員と幼い息子の後姿が
あった

いつもは純朴がゆえにひとと衝突する
ことの多いあのひとが
息子と手を繋いで立っていた
あのひとと息子をつなぐ
大きな腕と小さな腕……

それは　おとこのひとの
“臍の緒”だった

あのひとから息子に伝わっている
何かが目にみえたのだ

暮らしというものを糸でかがり続けよう
離れ離れにほつれぬために

………………………………

母とわたしは出口へ歩いていった

明日への抒情II　6

2011年05月11日
09：54

手を尽くし、星を繋ごう

夜空には　わけもなく飛び散った
星のかけらが無数にあり

それぞれに星の命を生きていた
とびきり輝く星もあれば
明滅しているちいさな星もある

わたしは14階の屋上から
少しふらふらしながら
両腕を空へ伸ばしてみたけれど
届きはしない
両腕の輪におさまりきらない星

――わたしは星座をしらない

それならば星座をつくろう
わたしは星座をつくろうと想った
あの星々を繋いでいくと
ひらがなの「あ」
あの星々を繋いでいくと
ひらがなの「い」
夜の天空に「あ」と「い」
二文字を関わらせると
夜の天空に「あ・い」「あい」
「愛」がうまれたりする
――のであろうか……

手を尽くし、星を繋いだなら？

TOKYO
自殺防止キャンペーン

下町の地下通路に貼られたポスター

《ひとりで悩まないで
もっとあなたの声を
聞かせてください》

わたしは　どのような相貌で
それらの文言を読んでいたのか

いのちの電話の番号は記録しない

そうしているうち他人が飛んだ

「りす」「ねこ」「こぶた」
「さくら」「ひまわり」
「こすもす」「いちご」
「かき」「ぶどう」「なし」

文字の練習をはじめた児童のように
わたしは熱中しことばを指でつくる
あしたはどんな一日だろうか？

永く続く曇天などは鬼で殺すのだ

TOKYO SUNSHINE BLUES
——（とうきょうのひざしのことば）

この窓からは太陽はみえない？
窓の外に細い雨が降ってくる？

TOKYO SUNSHINE BLUES
——（とうきょうのひざしのことば）

そんなうたを口ずさんでいくんだ

2011年05月16日
10：25

普通の日々

哀しみに蓋をする普通の日々に
徒然の新緑が姿を現わす

謀られたような矛盾の風が吹く

背筋を伸ばしなさい、わたし

胸を反らし思い切り深呼吸して
それを何度も繰り返していると

老廃物が空へと飛散して
新緑はきょろきょろと輝き出す

哀しみなどに蓋をしているのは
わたしだけじゃない

夢の欠如に病み朝を迎えるとは

すす……すす……すす……と
何かが地に擦れていく音

カートを押して買物をしている
あの人を見てご覧よ

哀しみに蓋をする普通の日々が
重なりすぎて　あんなに

直角程にも腰が曲がっているよ

それでもパンや野菜や水を買い
重たい荷物を袋に詰めているよ

一人暮らしなのかもしれないな

インターネットで宅配の買物も
出来る時代になったのに

骨が曲がる進行の方が速かった

荷物を持ってあげることならば
出来るけれども

骨を垂直にしてはあげられない

哀しみに蓋をする普通の日々に
徒然の新緑が姿を現わす

背筋を伸ばしなさい、わたし

謀られたような矛盾の風が吹く

あのひとは仰向けにならないと
空の中に輝く新緑を見られない

明日への抒情II　8

2011年05月29日
12：28

青い名前

もしも　貴方が
名も知らぬふるえる者に出逢ったなら
まず
青い名前を
つけてあげて

そして
その青い名前で
ちいさな者に
そっと
呼びかけてみて

青い名前とは、それぞれのわたしたち
ふるえているのはよろこびのまえぶれ

少し青い夏が訪ねてきたんだね
そうして
みんなが生きたがりはじめ
ほら、すでに
「おはよう」の
まぶたを開けている
青い靴の白い紐を結わえながら
のびをしている

あなたはアクアマリンのシャワーを浴び
青い水滴を青いバスタオルでぬぐいとる
そのような
一日のはじまりが
あなたの青い夏を
少しずつたすける

もしも　貴方が
名も知らぬふるえる者に出逢ったなら
まず
青い名前を
つけてあげて

わたしもそうであるから
昨日よりも少し暖かくなっている
朝があって

青い名前とは、それぞれのわたしたち
ふるえているのはよろこびのまえぶれ

青い一日の朝に
青い食事をして
青い音に耳をすましてみます
青い雲が
青い風に
添うように隣りの街へ移りゆく

索引

抒情の極北

田野倉康一

1　フツーの明日を求めて

この寒々としたページ、「自分で蒔いた種を 自分で刈らせてください／かみさま……」という悲痛なリフレイン、今井義行は今、抒情の極北に立っている。

横書き、ミクシィで書きつけたままに、鬱病の長い自宅療養を続けていた詩人が、腰椎骨折で入院することになったとき、天涯孤独だと看護婦に嘘をつくあまりにも散文的な記述からはじまるこの詩集に、これを「詩」と呼んでしまってよいのか躊躇を覚える向きも決して少なくはないだろう。しかもここには「詩」になりかけているものから、おそらくはなりそこなっているものまで、読む者それぞれが感受するであろう今井義行の、詩をめぐるすべてがさらけ出されているのだ。

まずは「今日の詩篇・49　ほのかに」を参照されたい。

この詩篇においてはおそらく、「立川市に着いた　その瞬間に／都会があった」というのが「発見」であり、前段の水田や野鳥の風景との落差からそれはやって来た。認識と光景とのズレもかかわる。その発見を光景の記述につれて「ビルの窓々が　お互いの姿を探しあっていた」という時代の函数ともいうべき１行を繰り出したとき、記述は「詩」へと開かれていく。この１行の認識を得て、路上の「ひかりのかけら」は見出され、その「陽のひかりのかけら」を「ぼく」が「素手で　つかみとれたならば／いいなと思った　ああ、きれいだよね……」と同意を求めるとき、おそらくは冒頭の１連が召喚されたのだろう。すなわち、冒頭の、主体の抒情が「いるけどいないあなた」をめぐって差し出されるとき、そこに誰もいないことがむしろ明らかにされ、終連の「日常」へあっさりと接続されるのだ。いうまでもなくここに希求されているものは「フツー」であり、ここで「フツー」は際立ち、この「フツー」によって冒頭の抒情のリアルは保証されるのである。

「現代詩手帖」2009年4月号の座談会において岸田将幸は次のように述べる。

今井義行さんの『ほたるの光』（思潮社）を挙げたのは、彼のことをぼくは現在の中原中也と言っているんだけれども、生活においても社会においても、ここまで見捨てられた人もいないと思う。今井さんは意識的にかどうかわからないけれども、決して振り向かれないような言葉を拾ってくる。たとえば「地下道をあるいていたら　凋れ花　僕の逝けないからだ／「マッサージは、いかがでしょうか……」」、そういった詩的ではない、誰からも見捨てられるような言葉を自分の詩にきちんと置いていく。誰を守るかと言えば、ぼくは今井さんのような人を守りたいと思う。（原文縦書き）

もちろんそれは「意識的」だ。人間の「生」の実相に依拠してこそ「抒情詩」があるとすれば、人間がそこに生きているかぎり、どこにでも「詩」は立ち上がり得るのであり、合目的的なメッセージを一方的に送りつけるために詩を「立ち上げる」類でなければ、むしろ詩人は、不断に、どこにでも立ち上がってくる「詩」を際限なく採集しつづける存在としてあらざるを得ない。かつて今井氏は、同人誌「シラブル」（終刊号、1993年12月）において、次のように記した。

ぼくが現在生活をしているトーキョーの街の中には、情報メディアの驚異的な膨張で、どの場所へ行っても隅々にまで微細で等質な情報の粒子が入り込み、それらが砂粒のように舞っているという状況が広がっている。まして、ぼくは、ヘッドフォンを両耳に付けて街を歩き回っているデジタル・ミュージックの常用者であるから、世の中を形づくっている社会のシステム全体のありようが、微細で等質な情報の粒子の集合体のように感じられてしまうのである。

そして、そのように感じてしまっているぼく自身のすがたもまた、微細で等質な情報の粒子の中のひと粒としてトーキョーの街の中を彷徨っているのだ（以下略）。

（原文縦書き、「新しい抒情詩を書きたいのだ（後）」）

自らを「微細な情報の粒子のひと粒」と感覚する主体の在りよう

は、作中の発話者を「作者」と結びつつもすでに、「作者」が無条件に作中の「発話者」であるような「抒情詩」とはあまりにも遠い。しかもここでは、主体が感覚する、高度情報化社会のなれの果てに出来した均質で、しらじらとした光にあまねく照らされているような「世界」こそが浮かび上がってくるのであり、また主体が伝えたいその「意志と感情」は、そのような「世界」に生きる一人であることを唯一の共通項として、共同体が共有する思想、宗教、価値観にとらわれることなく、すなわち人類の歴史の水底に今日、澱のように降り積もっているいかなる抽象概念とも主体的にはかかわろうとはせず、いわばそのような「世界」をある種の振動尺として介することにより伝達されていくのである。

一方、そのような「近代」のなれの果てである「世界」が主体にとってリアルなものではない、決定的にリアリティを欠くものとしてあり、そこへの、詩人の本能的な抵抗として「マス」に回収されない微細なもの、個別・固有なものが希求されることになる。つまり今井義行にとって「抒情詩」は、「みんな同じ」をキャッチフレーズとする戦後民主主義社会への根源的違和の表明にほかならなかったのである。

しかし、この今井義行の主張は当時、ほとんど誰にも受けとめられなかったのではなかったか。

「シラブル」終刊号に先立つ「現代詩年鑑'94」（「現代詩手帖」1993年12月号）の「詩誌展望」において加藤健次は、その同人誌としての志向を「詩の〈型〉などどこにもないと感じ、詩を決定する基準を徹底的に見失っていると自覚した世代が、自己の詩的主観性を共同の場で問おうとするところから始められている」と指摘しつつ、なぜか「長い人生の一時期には詩を書いてみるようなこともあるんだな、と思わせる紙面作り」と、その手作り感てんこ盛りの造本を批判したりする。加藤氏は実のところ、ここで「詩」が「詩」であることに対する決定的な恣意性、無根拠性について述べた上でそのような自覚において自己の詩的主観性、すなわち「抒情」の実践の場として「シラブル」を評価して見せたにすぎないし、それ自体は適切な指摘でもあったのだが、加藤氏にそのような意図のあるなしにかかわらず今井氏はその後段の、特に批判するまでもないような造本上の指摘の背後に広がる「抒情」に対する偏見、蔑視、教条にこそ鋭く反応する。

筆者の加藤健次さんは、たぶん「シラブル」を読みながら腹を立てていたのだろう。加藤さんが述べているように、詩には、「〈私〉が詩であると思いこんでいるということ、その一点において、〈私〉の言葉は詩であると保証されているにすぎない。」という一面が存在しているかもしれない。しかし、それ以前に、詩として自覚されている言葉は、現実に生きていてたったひとりしかいない個人が、そのありようを相手によりよく伝達したいと願うところから発せられ、紙の上にひとつの「事態」としてあらわれてくるものなのだ、と思う。このひとつひとつの「事態」とはいったい何なのか。それをお互いに読み合っていくところに出ていかなければ、「わたしたち」は、詩の言葉の状況を見つけ出すことからだんだん離れていってしまうのではないだろうか。詩の言葉を読んで享受する、ということからだんだん離れていってしまうのではないか。

（原文縦書き、「シラブル」同前）

末尾の「詩の言葉」をめぐる危機感はこれが今から20年近く前に書かれたことを思うとちょっと感動的である。当時、正面から「新しい抒情詩を書きたい」と言い放つ若い詩人などまずいなかったし、方法的には70年代ラディカリズムの残照を曳き、入沢康夫以来の詩的成果の吸収咀嚼期にあった詩史的背景もまた、「抒情詩」を素直に検討できない雰囲気を醸していたと言えないこともない。ちなみにその「入沢康夫」自身は80年代前半に「詩はすべて抒情詩です」と断言しているし、事実、入沢氏の詩は、「抒情詩」である。

そのような時代背景のなかで、今井氏が「新しい抒情詩」を主張することになるのは、むろん本人の志向、能力、資質にもよるのではあるが、同時に彼が早くから師事していた詩人鈴木志郎康の存在も忘れることはできない。鈴木氏の詩業をここで紹介する余地はないが、今井義行の詩をめぐる発言をひとつ引いておこう。これは鈴木氏が早くから「抒情」に、それまでとは異なるアプローチを模索していたことの証左である。

現代詩の場合、主語の在り方が割合単純で絶対視されている。「わたし」は作者以外ではなく、読者は絶対なれないんだよね。でも今井君の詩は、「ぼく」に誰でもが入り込めちゃう構造を持っている。（中略）主語の位置が相対化されていて、限りなくポップソングに近い所があるの。

（「詩で何がつたわるか――鈴木志郎康さんを迎えて」同前）

ここでは主体の互換性という問題系が立ちあがってくる。「共感」ではないことに注意してほしい。「主体の互換性」といえばただちに想起されるところに先の岸田将幸や安川奈緒の詩業があることは偶然ではない。そこからはプライベート、あるいはパーソナルと、主体の互換性との関係が問題にされるだろう。「抒情詩」における主体の固着／類型化に対する主体の交換可能性という今日的な問題が20年近く先取りされているだけではない。20年前、今井義行の詩業にそれをみごとに言いあてたのが詩的70年代を主導した詩人のひとりである鈴木志郎康であったことに新鮮な驚きを禁じ得ないのである。

この鈴木志郎康を囲む「シラブル」同人たちとの座談には、示唆に富んだ発言が盛り沢山であるが、その中では鈴木氏の次の発言を引いておこう。

ぼくは常に現実との接点を問題にしたい。想像力が活性化するということは生の現実に触れられるかどうかにかかっている。

（同前）

鈴木氏はこの「現実との接点」について、それをマッチを擦る行為にたとえ、接触自体を「発火」と呼ぶ。この鈴木志郎康こそ、今井義行が本書で「伝達」を希求する個別固有で具体的な読者にほかならない。

2　「わかりやすさ」について

本書は、まるで垂れ流すように「詩」が書かれている、と言われるかもしれない。それはおそらく、詩集の生い立ちによってもたらされるありふれた先入観によるものだ。今さら言うまでもないが言う。虚心に読んでみればいい。どこを切り取ってみてもそれはまぎれもなく「詩」であり、あるいは「詩」を内蔵する何ものかだ。たとえば「今日の詩篇・56　無免許」や「今日の詩篇・89　はちみつの碑」の後半など、たったいまつかまえた新鮮なイメージをつやつやしたままに示し、あるいは日常の一光景をそのときの嬉しさやその嬉しさをも葬るような心性そのままに、あるいは剝き出しに呈示する。たしかにここでは、人間の「生」の全体から見ればごく短い、限定的な「時間」において、あふれてくる言葉たちを、詩人はそのまま書き付けている。いや、むしろその純粋な直接性においてキーボードが叩かれていると言うべきか。パソコンの普及は「伝達」に要する時間を確実に短縮した。「ミクシィ」による「詩」の伝達は、まずその直接性において捉えられるべきだろう。個人的にはディスプレイやモバイル端末で詩を読むことも書くことも好きではないが、そのような場所でこそ書ける詩があることも事実であり、またそれはそれでやや不本意ながら楽しくもある。性急に言ってしまえばおそらく、そのような直接性、時間短縮をぼくたちの「現在」自体が要請しているのだ。そしてそのような「現在／現実」に寄り添うも抵抗するもやはり「詩」にほかならない。

本書に収められた詩篇は、「はじめに」にあるように「ミクシィ」で鈴木志郎康にあてて書かれた、言わば個別具体的な個人への伝達が目論まれている。言うまでもなく近代的合理主義に水深一万メートルまでどっぷり沈められた今日を生きざるを得ないものにとって、人間がその本質としてなお内蔵している非合理な何ものかを、どこに、どのように解き放つかは難しい、いや、そもそも今日、それは可能ですらあるかどうか。「非合理的なもの」は、たとえば人間社会にあっては精神神経疾患の爆発的な患者数の増大、都市空間にあっては区画整理や再開発、社会にあってはますます微細化しまんべんなく拡散していく排除と疎外の論理、文学においては「詩」の忌避と「純文学」のなし崩しの解消、そこに押し寄せてくるエンタメの大洪水（これはこれで結構楽しい）、そして美術におけるコンセプチュアルアートやミニマルアートのあとにやってきたニューペインティングやアクティヴィズムなども同様であろう。共通のキャッチフレーズは「わかること」あるいは「わかりやすさ」だ。だが「わかりやすさ」は同時に類型化への入口でもある。すなわち、そこに生じる他者との差異は、あらかじめその共同体にプログラムされている、あるいは単純に許容される範囲にとどまらざるを得ない。したがって「差異」の探求はこのような場合、往々にして微分的に、内向的に内向する。たとえば小、中学校での「いじめ」が、ある時期からごく些細な差異に向かって流動する事態がそれだ。もうなぜだかわからない理由なき理由による差別、それは戦後民主主義社会の鬼子、というよりむしろ正統な子孫であるその排除の論理が荒れすさぶ中に、「詩」の立つ場所はない。一般化、あるいは抽象化の先にあるものはリアルではない。些細な「いじめ」はリアルだ。では、僕たちのリアルはどこにあるのか。たとえば「今日の詩篇・54　おとこおんな」や「明日への抒情・2　紋白蝶よ」の「娼婦を蔑むな／娼夫を蔑むな／からだにきちんと値がつく／ひとを蔑むな」という詩句に顕著な、今井義行におけるときに自己言及的なマイノリティへのまなざしは、この問題系と深くリンクするのだが、むしろここでは、よりフィジカルな側面について触れておこう。

たましいのよろこび
たましいのよろこび
たましいのよろこび
苺のゼリーがやわらかく掬われていく

（「今日の詩篇・30　たましいのよろこび」）

この、どこをとってもわかりやすい詩行は、書いてある以上のものでも以下のものでもない。しかしこのまろやかな言葉の姿態には、そこに書かれている意味内容以上の、読むものがからだで感受するよろこびがあるのではないか。「意味」に引っ張られて読んでしまえば、このふるえるような、しかしまた、ささやかなよろこびは見えない。

3　「日常性」あるいは「フツー」であることについて

今井義行の詩が「見捨てられた」「振り向かれない」言葉を「拾ってくる」と看破した岸田将幸に見えていたものはこの、今井氏の詩があらゆる微細な細部も見捨てず、たんねんに「詩」へと昇華させるその手際とその手際を裏付ける抽象化とも一般化とも無縁の個別固有で少なくとも理念的には一回性の、鈴木志郎康に拠るなら常にリアルタイムで「発火」する「抒情」への意志にこそほかならない。個別固有具体的な主体から個別固有具体的な読者へ向かって放たれる個別固有の時間と空間を帯びたつややかでリアルな何ごとか、その在りようをこそが「抒情」と呼ばれるべきなのだ。

ところでそのように「抒情」が日常、非日常を問わず「世界」の細部へ接続しうるとすれば、それはなぜか。性急に言ってしまえばフツー／日常が非日常になし崩しに接続されてしまっている今日において「日常性」とはそれ自体が、逆説的ではあるが、ある種の異化装置、あるいは微細な差異の検出装置として機能するのである。本書に収められた作品はすべてがそのような作品であると言ってよいが（だからこそ「抒情詩」のベーシックだと僕は思う）、中でも典型をひとつあげれば「今日の詩篇・51　花屋さん」であろうか。

街を歩いていて「花屋さん」の閉店を見たことがない、というただそれだけの話なのだが、たしかに、オーナーが亡くなったりでもしない限り、少なくとも「つぶれた」花屋を見たことがない、と僕も思いあたる。実はそのような現実（事実）はないのかもしれない。不況であれば街の花屋さんもガンガンつぶれているのかもしれない。だがここでは読む者に主体が語る「事実」がストレートに入ってくる。日常の中から抒情の核とも言うべき何ものかを詩人はナマのまま拾う。そして「花屋さん」では、それが美と人間の根源的な関係をまるで今晩のおかずを考えるように読む者に考えさせるのである。

すなわち、その「日常」の空気のような空虚に向かい合い、それを微細な「実在」をもって埋めてゆくのが詩作における手順として踏襲されてゆくのだ。その時、「内面とか感情とか」はある種の尺度として、あるいは「実在」の核としては存在するが、それらが保証するのは「詩」ではなく、主体と客体とのそれぞれのリアルにほかならない。主体の感情や思考を他者に伝えたいという内的欲求が詩の動力源になるのであり、国家、民族、宗教的な叙事は、個を超越した個としての主体の要請により語り出されるのだ。感情に詩が解消されるのではなく、感情によって詩がリアルな何ものかになって主体から解き放たれるのである。

4　詩における「個別固有」について

つまり主体が差異そのものとなるべく設定されている、すなわち「抒情」とは、あらゆる差異を、主体の非一般性を唯一の尺度として検出し、可視化するシステムに与えられた名にほかならない。今井氏が繰り返し語るように、詩人は「ぼくは、ぼくだけに固有な体験を誰かに伝えたい」（同前）という欲求、ある種のコミュニケーション願望をその詩業の根底に置きながら、その「固有な体験」そのものは「世界」の中にあまねく「遍在」（今井氏）しているという事態にこそ彼の「抒情」の新しさがあるのだ。ここで注意しておきたいのは、「固有な体験」を共同体で共有するのではなく、それが「遍在」しているということだ。これは共同体の類型的、合目的的価値観に回収されてしまうことなく、決定的に細分化し、爆発的に増殖してゆく多様で多数化する価値観に応じて（もともと価値観とはそういうものだったと思うのだが）、受け止められたもののそれぞれがそれぞれなりに消化され、あるいはアレンジされながらそれぞれの固有な体験を豊かにしてゆくべく目論まれているということだ。このことは本書に出来した詩篇がその直接性とともにいわば「物量」としても示されていることによっても明らかだろう。「横書き」は単にミクシィの形式であるだけではなく、「物量」を一望できる俯瞰の位置を詩人が得たことをも意味するのである。今井義行に即してもうひとつ言えば、一人称が語る詩としては今井氏の詩に独りよがりの印象がおどろくほど希薄なことだ。事物が「私」のこととして書かれているのではなく、おそらくは「私」のことが自らの「感情」はもちろん、遍在するさまざまな微細な事物、風景を通して語られているからである。

かくしてこの「固有な体験」の遍在という事態を最も先鋭化させたスタイルとして獲得されたものこそ今井義行にとってのミクシィによる「伝達」ということになる。「固有な体験」が「固有な体験」として突出するのではなく、「世界」に「遍在」するということは、固有な体験も固有の主体も同様に決定的な差異／ブラックボックスであり、なおかつ唯一自明なリアルである。そのようなリアルそのものとしての「私」があらゆる差異に、あらゆる主体に開かれ、交換可能であるということだ。世界を差異として受け入れ、各々の差異、各々の価値観において、必要であれば「評価」もなし得るのである。だから、いまや評価の高低はさほど問題にならない。そうではなく、どれだけ差異／価値観の多様を受け入れることができるか、そのキャパの大きさ、豊さ自体が強いて言うなら評価の基準になりうる、あるいは固有の差異／価値観において、どこまで遠くへ行けるかが基準になっていくのだろう。本書がその物理的な量によるだけではない、不可思議な無際限性を帯びるのもまた、この詩集自体が新しい時代の新しい尺度としてある証左でもある。古代から中世にかけて存在した「流紀」という書物の不思議な形式が、ここでは、テクストそのものにおいて実現している、と言うこともできるのである。

5　詩における「伝達」について

一方、伝達は拡散すればそれはマス・メディアの権力システムになし崩しに回収されかねない。「伝達」における個別固有性を担保するのは先の「遍在」に一見矛盾するようだが、その対象を限定することにほかならない。つまり、「私」という唯一無二のこの発信源がその固有性をより正確に伝えうるのはある意味で顔見知り以上の限定的誰かである必要がある。そのことによってまさに発信源と受け手との間にコミュニケーションが成立するのである。このコミュニケーションの具体が遍在するコミュニケーションの一回性の母型となる（語義矛盾だがこうしか言いようがない）。これもまた鈴木志郎康が顔を知っている人から送られてきた本しか読まない、という姿勢に通じるものなのだが、一見傲慢とも見られかねないこの態度こそ実は抒情詩が共同体の一般観念になし崩しに回収されず、その個別固有性を担保できる有効な方法にほかならない。これにある種の理念化を施し、理念的な個対個を遍在させるものとしてもミクシィは選ばれているのであろう。もちろんミクシィでもツイッターでも事は同じである。今井義行はそれを鈴木氏が言う「顔見知り」から一気に「鈴木志郎康」個人にまで限定して見せたのである。

そこに何が起こったのか。そこに出来するのは「親しさ」という直接性によって召喚される日常という具体性であり、その「日常」、というより「日常」の喚起力によって鬱病による長い自宅療養、そして腰椎骨折による入院といった一般的には非日常とされるような日々がミクシィの量的接続に耐えてなし崩しに「日常」と化していくのを読者は目の当たりにすることになるのである。その変化していく過程のリアルを担保するのが主体と読者それぞれの個別固有性であることは言うまでもない。いまさら9.11を持ち出してくるまでもなく、日常と非日常との関係は逆転または短絡、あるいはなし崩しに接続してしまっている。したがって非日常がリアルで日常がリアリティを欠くという事態がごく日常的に起こる。ミクシィがここでは、そのような主体の「日常性」を担保し、かつそれをひとつのリアルとして提示し得ていることに注意しておきたい。

本書がいわば理念的にも物理的にも「書きっぱなし」であり、時にあまりに「散文的」であるにもかかわらず、確かに「詩」を感じさせるとすれば、それは「日常」が非日常となし崩しに接続してしまっているように「散文」が「詩」に、「なし崩し」をひとつの方法として接続しているからにほかならない。

今日、若い多くの詩人たちが「フツー」であることに持つオブセッションもまた、この日常性をめぐる問題系に直接かかわるのである。

時刻《とき》の、いのり

著　者　今井義行《いまいよしゆき》
装　幀　中島 浩
発行者　小田久郎
発行所　株式会社思潮社
162-0842　東京都新宿区市谷砂土原町 3-15
電　話　03-3267-8153（営業）8141（編集）
ＦＡＸ　03-3267-8142
印　刷　三報社印刷株式会社
製　本　株式会社川島製本所
発行日　2011年9月25日